Midnight
Wolf
1
TOMU OHMI

SOMMAIRE

PERSONNAGES

Hisako

Jeune femme habituellement réservée, Hisako devient extrêmement amoureuse et expansive lorsqu'il s'agit d'aimer Yato. Elle travaille dans une boutique d'Antiquités.

Yato

Amant d'Hisako. Yato est un loup-garou qui parvient à se métamorphoser en humain par la force de la lune. Il ne vieillit pas et affiche déjà 300 ans...

Vol.1 La boucle d'oreille de Yato

L'ASTRE LUNAIRE APPARAÎT PLUS TARDIVEMENT UNE FOIS LA PLEINE LUNE PASSÉE…
LA NUIT EST DÉJÀ INSTALLÉE LORSQU'ELLE SE MONTRE ENFIN…
HI-SA-KO ! ♡
SLURP
HMMM…
LA NUIT NE FAIT QUE COMMENCER… ♡
HMM, MAIS…

JE VENAIS ENFIN DE M'ENDORMIR...
PROFITONS DE CETTE MAGNIFIQUE LUNE, VOYONS !
JE SUIS UN HOMME !
TU NE VAS QUAND MÊME PAS DORMIR !
OUI, MAIS JE DOIS ME LEVER TÔT DEMAIN !
HMM !
CHUT !
HMM...
SLURP
HMM !
YATO...
OBTIENT TOUT PAR LA FORCE. MAIS SES DOIGTS SONT TOUJOURS TENDRES...
ILS ME DÉSIRENT, AVEC DOUCEUR ET TENDRESSE...
ET ILS NE ME LÂCHENT PLUS...
AAAAH !

FUUUAH !
HA HA
TU MANQUES DE SOMMEIL ?
DÉSOLÉE, CHEF...
BAH, ÇA ARRIVE !
KLING
DING DING !
TIENS ?
FUAAAH
AH !
BIENVENUE !
JE SUIS VENU POUR UNE ESTIMATION D'OBJET...
JE VOUS EN PRIE, MONTREZ-MOI...
!?

LA BOUCLE D'OREILLE ... DE YATO ?!
AINSI QUE CETTE ILLUSTRATION...
ET UNE VIEILLE MONTRE...
JE PEUX ÉGALEMENT VOUS APPORTER UN VIEUX JOURNAL INTIME PARLANT D'UN LOUP NOIR...
ÇA ALORS !
CETTE PEINTURE A 210 ANS.
QUANT À LA MONTRE, ELLE A BIEN UN SIÈCLE...
TOUS CES OBJETS ONT UN RAPPORT AVEC LES LOUPS...
TCHU!
VOUS N'ÊTES PAS VENU UNIQUEMENT POUR UNE ESTIMATION, N'EST-CE PAS ?
QUE VOULEZ-VOUS SAVOIR ?
TCHU!?

C'EST VRAI, J'AI BEAU POSSÉDER UNE BIEN BELLE COLLECTION...
CE QUE JE DÉSIRE EN RÉALITÉ...
C'EST BIEN CE LOUP NOIR QUI DÉFIE LES ÂGES GRÂCE...
AUX POUVOIRS DE LA LUNE.
J'AIMERAIS QUE VOUS ME LE CÉDIEZ...
CE LOUP NOIR...

La boucle d'oreille de Yato

J'ai eu du mal à y croire ! Le magazine Petit Comic a accepté de publier mon histoire ! J'étais pourtant persuadée que ça ne serait pas accepté (rires). Je suis tellement heureuse. Surtout que ce qui était à l'origine prévu pour être une série courte, votre chaleureux soutien a permis d'en prolonger son développement. Merci ! Je vais faire de mon mieux pour vous proposer le meilleur de moi-même et conserver votre sympathie.

Dans le premier épisode, le personnage ayant le plus intrigué, c'est lui ! Hé oui, il est également apparu dans « L'amant de la nuit » et son retour a visiblement marqué certains esprits (rires) !

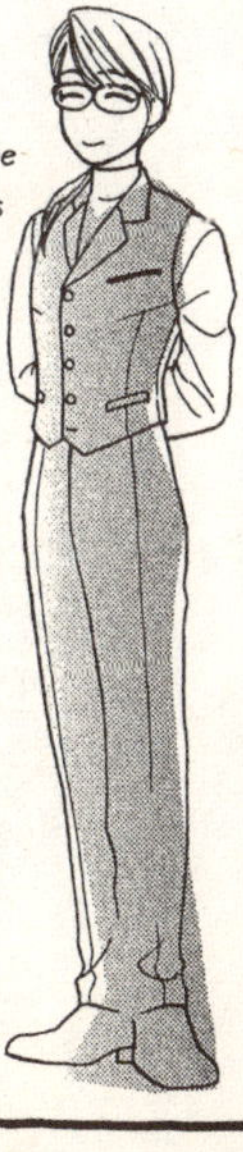

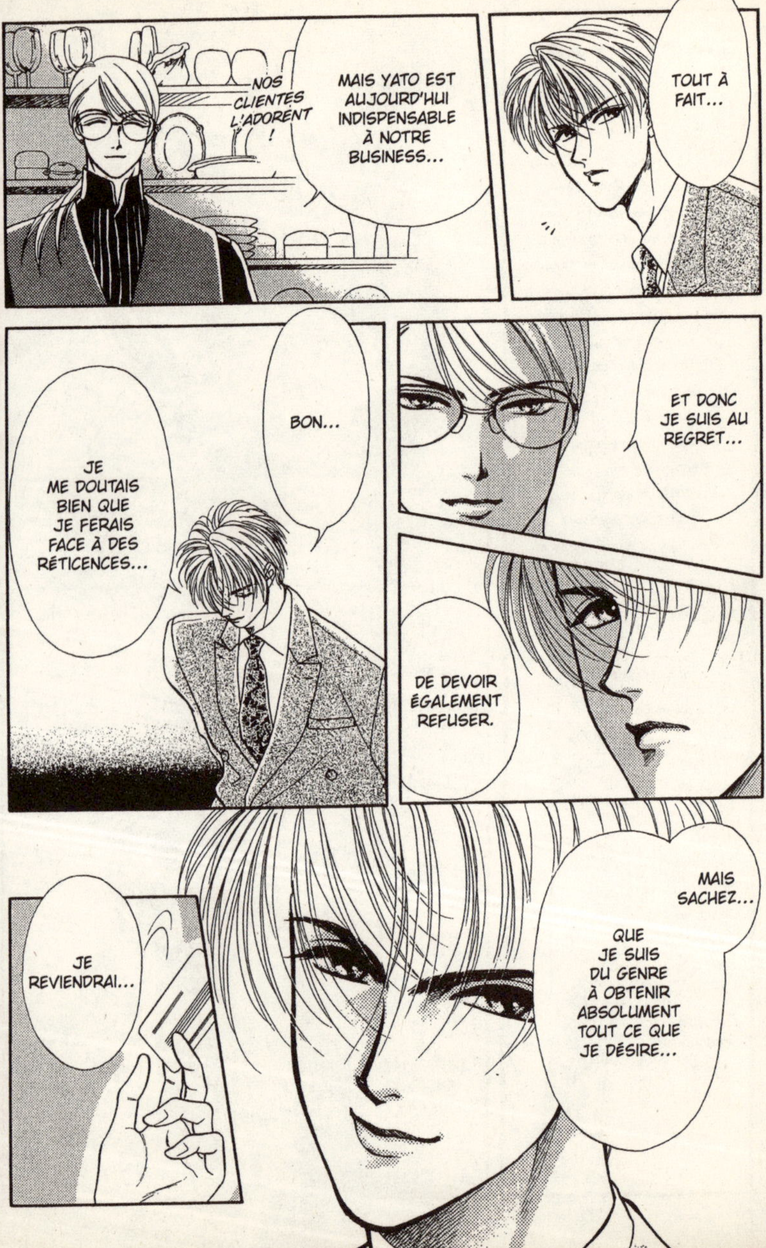
TOUT À FAIT...
MAIS YATO EST AUJOURD'HUI INDISPENSABLE À NOTRE BUSINESS...
NOS CLIENTES L'ADORENT !
ET DONC JE SUIS AU REGRET...
DE DEVOIR ÉGALEMENT REFUSER.
BON...
JE ME DOUTAIS BIEN QUE JE FERAIS FACE À DES RÉTICENCES...
MAIS SACHEZ...
QUE JE SUIS DU GENRE À OBTENIR ABSOLUMENT TOUT CE QUE JE DÉSIRE...
JE REVIENDRAI...

HARUKA SÔMA. BUSINESS CONSULTING.
ENFIN, OFFICIEL-LEMENT...
JE DOUTE QU'IL NE SOIT QUE ÇA.
Haruka Sôma
遥
馬
HARUKA
IL N'A PAS ABORDÉ LE POINT DES TRANSFORMATIONS HUMAINES DE YATO...
LE SAIT-IL ?
CHEF...
VOUS ÉTIEZ AU COURANT ?
JE N'EN ÉTAIS PAS SÛR À 100%.
JE NE SAVAIS PAS QU'IL ÉTAIT VIEUX DE PLUSIEURS SIÈCLES.
DÉSOLÉE DE VOUS L'AVOIR CACHÉ...
TING
NON NON, JE COMPRENDS QUE VOUS NE VOULIEZ PAS LE CRIER SUR TOUS LES TOITS.

MAIS CE TYPE, SÔMA, A L'AIR DE SAVOIR DES CHOSES À SON SUJET. ET IL LE VEUT.
SOIS PRUDENTE …
CAR SI VOUS VOULEZ MON AVIS…
IL M'A L'AIR D'ÊTRE UN HOMME DANGEREUX.
QU'A-T-IL…
L'INTENTION DE FAIRE ?
JE NE SAIS PAS, MAIS UNE CHOSE EST SÛRE : IL EST MOTIVÉ !
IL N'Y A QU'À VOIR L'ÉNERGIE AVEC LAQUELLE IL COLLECTIONNE LES OBJETS AYANT UN RAPPORT AVEC MOI.
YATO…
SA BOUCLE D'OREILLE…

CE N'ÉTAIT PAS LA MIENNE...
TIENS...
!?
NE ME POSE PAS DE QUESTION. JE NE SAIS RIEN.
IL PARAÎT JUSTE QU'ELLE EST SENSIBLE AUX POUVOIRS DE LA LUNE.
UNE VIEILLE CONNAISSANCE A AUTREFOIS MODELÉ UNE STATUE DE MOI...
ET IL A DÛ CRÉER UNE RÉPLIQUE DE MA BOUCLE POUR L'OCCASION...
ÇA DOIT ÊTRE CELLE-LÀ...
SI ÇA SE TROUVE, CE SÔMA POSSÈDE CARRÉMENT LA STATUE...
UNE STATUE DE TÊTE DE LOUP ! PFUU!

IL A L'AIR D'ÊTRE PRÊT À TOUT POUR RÉCUPÉRER YATO...
YATO EST PEUT-ÊTRE EN DANGER ICI...
CE QUE JE DÉSIRE EN RÉALITÉ...
MAIS JE REFUSE D'ÊTRE SÉPARÉE DE LUI !
HISAKO...
JE N'IRAI NULLE PART !

JE SAIS DEPUIS TOUJOURS QUE LA SÉDENTARITÉ EST UN DANGER POUR MOI...
MAIS J'AI ACCEPTÉ CE RISQUE, AFIN DE POUVOIR ÊTRE À TES CÔTÉS.
IL SERAIT SÛREMENT PRÉFÉRABLE QUE JE M'EN AILLE...
POUR-TANT...
JE NE PEUX M'Y RÉSOUDRE.
SI JE PARS, C'EST AVEC TOI !
QUE TU LE VEUILLES OU NON !

SI J'AI PEUR DE PARFOIS PERDRE YATO...
C'EST PARCE QUE JE MANQUE D'APLOMB POUR IMPOSER MES VOLONTÉS...
MOI AUSSI JE REFUSE QU'IL S'ÉLOIGNE DE MOI...
YATO...
YATO...
YATO...
YATO...

NE M'ABANDONNE PAS...
NE ME LAISSE...
JAMAIS !
gi
UN RACHAT ?!
OUI, ILS VEULENT CONSTRUIRE UN GRAND BUILDING DANS LE QUARTIER...
ET TU SAIS QUI EST L'ENTREPRENEUR DERRIÈRE CE PROJET ? UN CERTAIN...
HARUKA SÔMA...

QU...
PAR NOTRE FAUTE, LA BOUTIQUE ...
HISAKO...
IL VA FALLOIR SE BATTRE...
NE TE FAIS PAS DE SOUCI POUR LA BOUTIQUE !
JE VAIS BIEN TROUVER UNE SOLUTION...
CHEF...
TIENS ?
DÉSOLÉE...
SNIF
DÉSO-LÉE...
CHEF...
SNIF
DING DING
BONJOUR !
JE SUIS VENUE POUR VOUS VENDRE QUELQUE CHOSE...
QU... OUI !
MAIS C'EST UN PEU ENCOMBRANT...

NOUS ALLONS VOUS AIDER À LE TRANSPOR-TER...
FUP FUP
ALLEZ...
——!!
GROAH !
SHAAAAH
HISAKO !!
TAP
BROAAAAH
WAOUF ! WAOUF !
ガチャガチャ

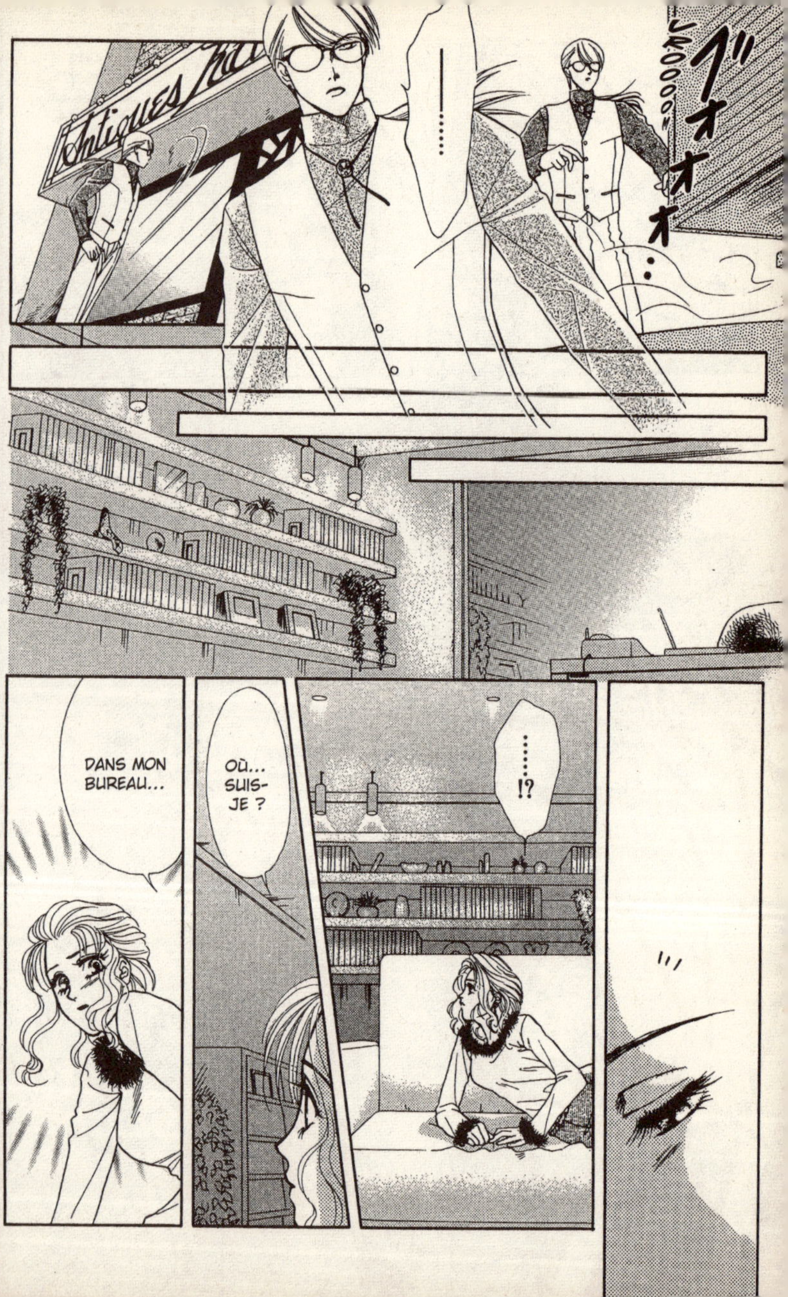

ヴォオオ…
VROOOOOM
Antiques
……
……!?
OÙ… SUIS-JE ?
DANS MON BUREAU…

MONSIEUR... SÔMA !
VOUS VOUS RÉVEILLEZ ENFIN...
LE MÉDICAMENT A BIEN FAIT SON EFFET...
POURQUOI SUIS-JE ICI ?
POUR GAGNER DU TEMPS...
EN RÉALITÉ, JE N'EN AI RIEN À FAIRE DE TOI ET TU PEUX REPARTIR SI TU VEUX...
FUUU...
EN ÉCHANGE DE...
NON !
C'EST HORS DE QU...
TU NE DEVRAIS PAS QUITTER ÉGALEMENT TA BOUTIQUE D'ANTIQUITÉS ?
!!
TU SAIS, C'EST DANGEREUX D'Y METTRE UN LOUP...
ON NE SAIT JAMAIS CE QU'IL POURRAIT ARRIVER...

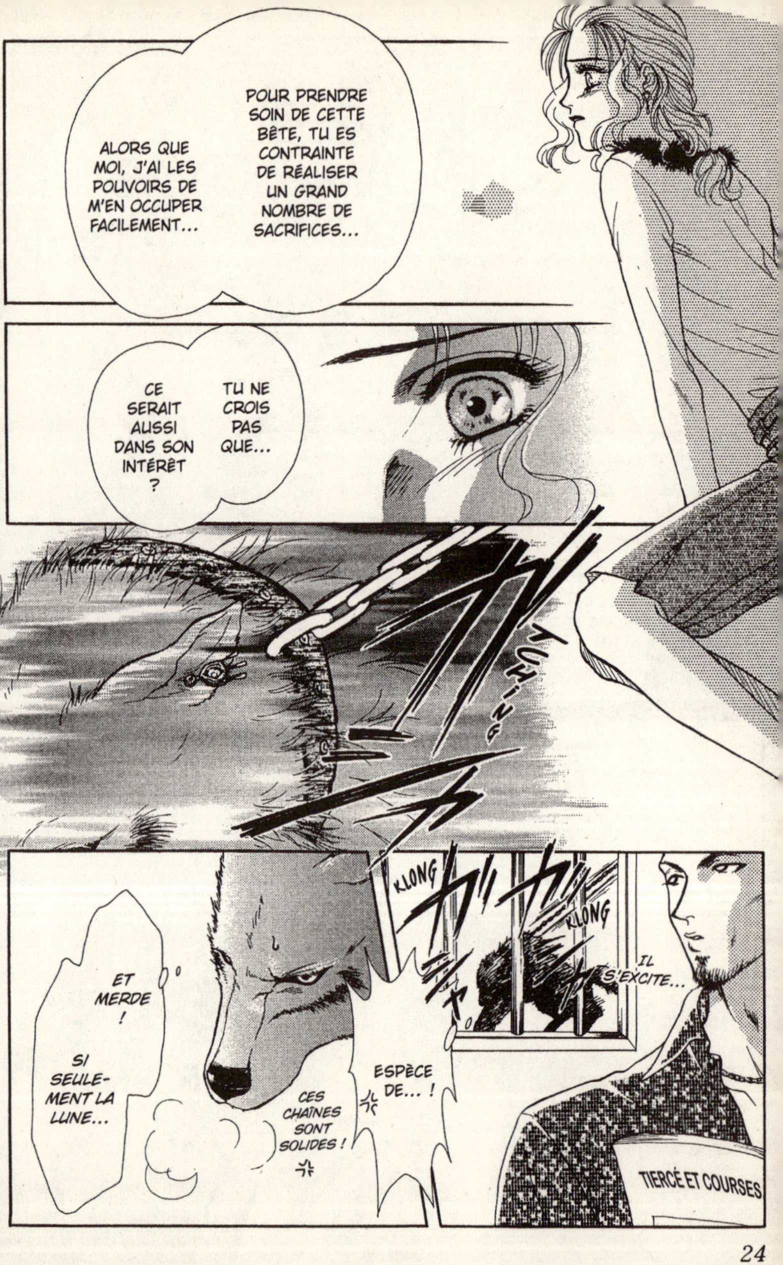
POUR PRENDRE SOIN DE CETTE BÊTE, TU ES CONTRAINTE DE RÉALISER UN GRAND NOMBRE DE SACRIFICES...
ALORS QUE MOI, J'AI LES POUVOIRS DE M'EN OCCUPER FACILEMENT...
TU NE CROIS PAS QUE...
CE SERAIT AUSSI DANS SON INTÉRÊT ?
TCHING
KLONG
KLONG
IL S'EXCITE...
ESPÈCE DE... !
CES CHAÎNES SONT SOLIDES !
ET MERDE !
SI SEULEMENT LA LUNE...
TIERCÉ ET COURSES

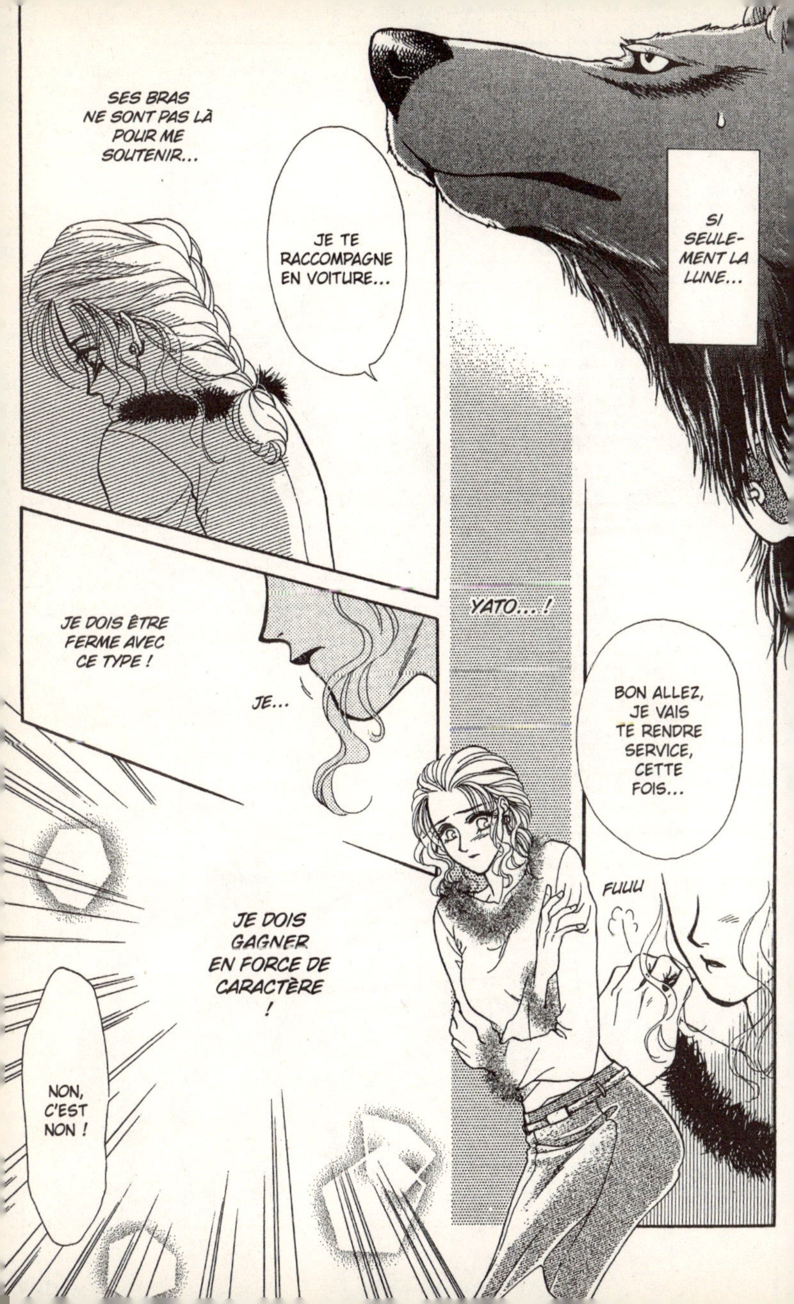
SI SEULEMENT LA LUNE...
JE TE RACCOMPAGNE EN VOITURE...
SES BRAS NE SONT PAS LÀ POUR ME SOUTENIR...
YATO... !
BON ALLEZ, JE VAIS TE RENDRE SERVICE, CETTE FOIS...
FUUU
JE...
JE DOIS ÊTRE FERME AVEC CE TYPE !
JE DOIS GAGNER EN FORCE DE CARACTÈRE !
NON, C'EST NON !

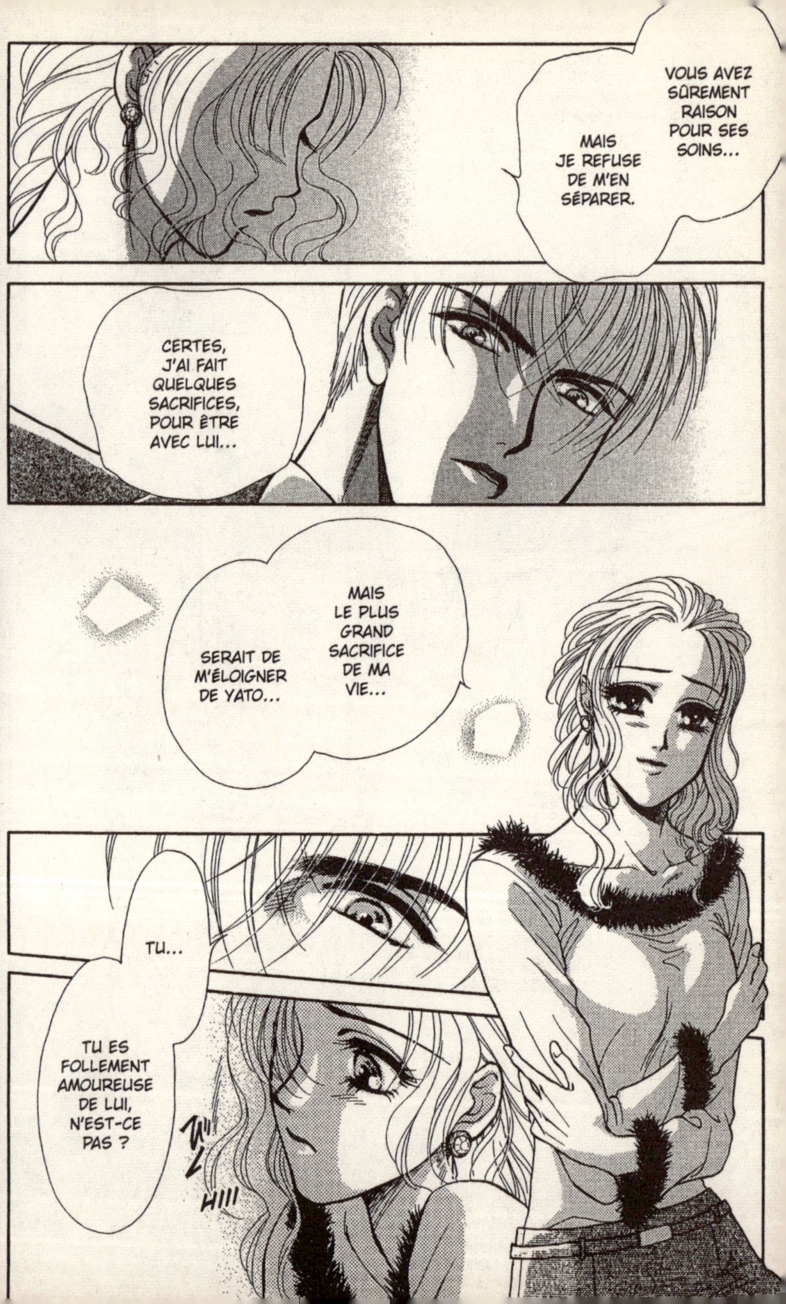
VOUS AVEZ SÛREMENT RAISON POUR SES SOINS…
MAIS JE REFUSE DE M'EN SÉPARER.
CERTES, J'AI FAIT QUELQUES SACRIFICES, POUR ÊTRE AVEC LUI…
MAIS LE PLUS GRAND SACRIFICE DE MA VIE…
SERAIT DE M'ÉLOIGNER DE YATO…
TU…
TU ES FOLLEMENT AMOUREUSE DE LUI, N'EST-CE PAS ?

HÉ, RÉVEILLEZ-VOUS !
NOUS PARLONS D'UNE BÊTE SAUVAGE VIEILLE DE PLUSIEURS CENTAINES D'ANNÉES !
NE VOUS LAISSEZ PAS ENIVRER PAR LE FANTASME DE L'AMOUR INTERDIT.
À LA LIMITE, SI VOUS M'AVIEZ DIT QU'IL FAISAIT DÉSORMAIS PARTIE "DE VOTRE FAMILLE"...
SI VOUS NE POUVEZ VOUS EN SÉPARER...
IL...
JE PEUX PAR EXEMPLE ESSAYER DE VOUS CONQUÉRIR, VOUS !
MÊME SI VOUS Y PARVENIEZ...
YATO NE SERAIT PAS À VOUS POUR AUTANT... !

JE FINIRAI PAR L'AVOIR !
MÊME S'IL FAUT EN ARRIVER À DE L'EMPAILLAGE !
DAAAAN
DAAASH
!!
OÙ ALLEZ-VOUS COMME ÇA ?
SI VOUS OSEZ FAIRE LE MOINDRE MAL À YATO...
JE VOUS LE FERAI DUREMENT PAYER !

LA PROCHAINE FOIS QUE VOUS MENACEREZ YATO...
JE N'HÉSITERAI PAS À VOUS TUER !

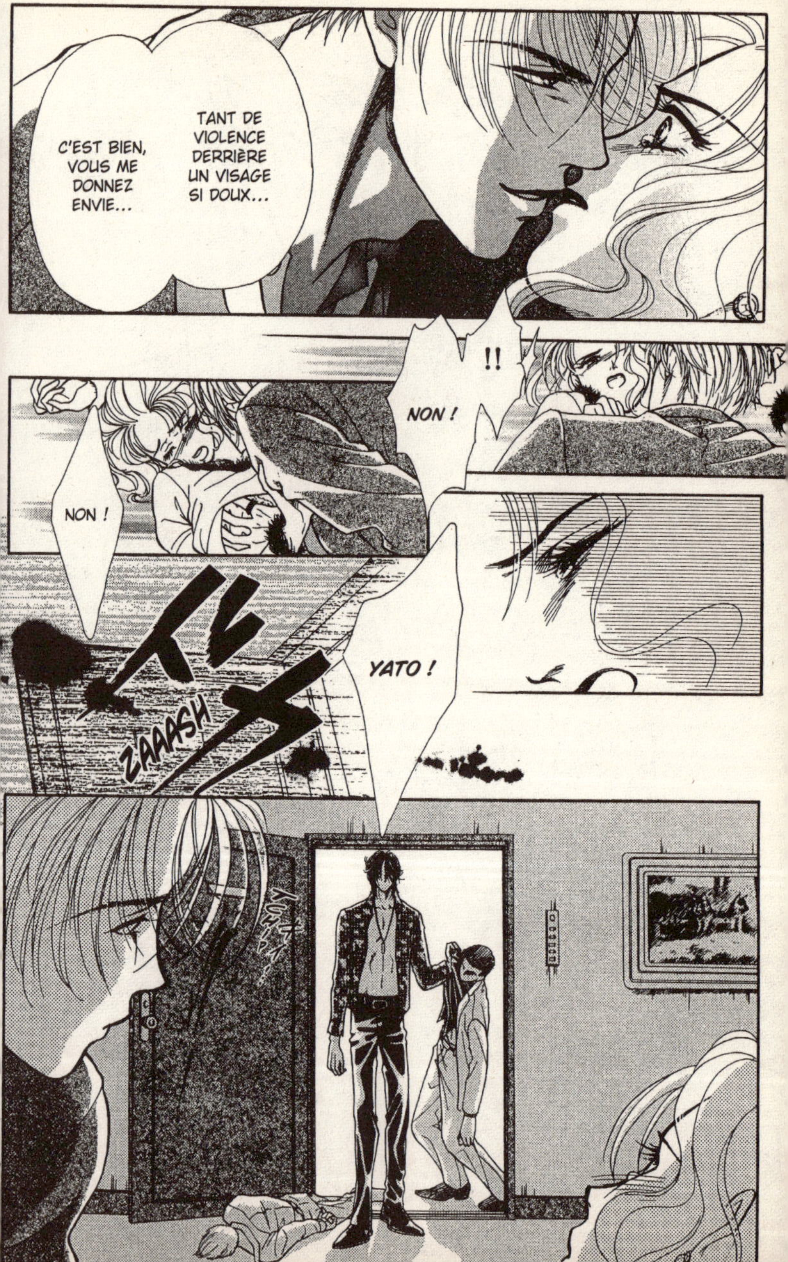
TANT DE VIOLENCE DERRIÈRE UN VISAGE SI DOUX…
C'EST BIEN, VOUS ME DONNEZ ENVIE…
!!
NON !
NON !
YATO !
ZAAASH

QU... T'ES QUI, TOI !
AAARGH
BING
YATO...
NON...
HI
BING
YA...
AAARGH

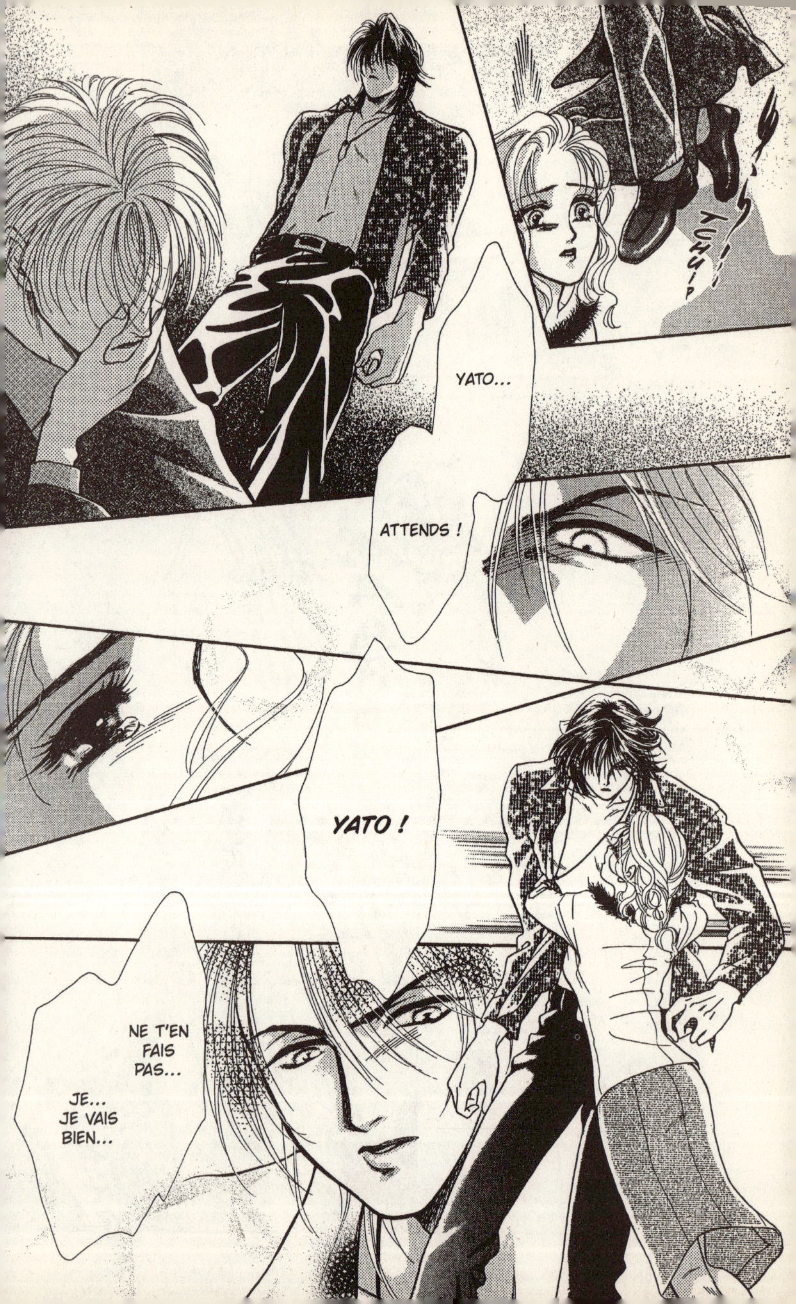
TCHUIP
YATO...
ATTENDS !
YATO !
NE T'EN FAIS PAS...
JE... JE VAIS BIEN...

COMMENT L'AS-TU... APPELÉ ?
YATO ? CE TYPE... C'EST LE LOUP ?
MON-SIEUR...
VOUS AVEZ UN APPEL...
BIP
OUI, ALLO ?
ON RENTRE
...
JE... TRÈS BIEN. ENTENDU.
HÉ !
BIP

CETTE HISTOIRE DE RACHAT EST TERMINÉE...
MA HIÉRARCHIE A FINALEMENT JETÉ L'ÉPONGE...
L'ANTIQUAIRE A VISIBLEMENT ÉTÉ PLUS FORT QUE NOUS.
ET PUIS J'ÉTAIS LOIN DE ME DOUTER QUE TU POUVAIS TE TRANSFORMER EN ÊTRE HUMAIN.
HÉ BIEN...
QUELLE HISTOIRE INCROYABLE...
JE SUIS DÉPASSÉ...
NOUS METTRONS DE CÔTÉ LES MÉTHODES DOUTEUSES, MAIS SACHEZ QUE JE N'AI PAS ENCORE DIT MON DERNIER MOT.
ET PUIS...

TU SERAS BIENTÔT MIENNE...
J'AI ENVIE DE TA FOUGUE...
DE TON SOURIRE, DE TA RAGE...
POUR L'INSTANT, TU LUI APPARTIENS...
MAIS ARRIVERA BIENTÔT LE JOUR OÙ...
TU FINIRAS PAR M'AIMER.
J'Y PARVIENDRAI, TU VERRAS...
GNAAASH

MAIS CETTE FOIS...
CE SERA MOI QUI TE FERAI LA PEAU !
HÉ HÉ...
QUELLE VIOLENCE DANS CE COUPLE !
NE CROIS PAS...
QUE TU AURAS MA PEAU SI FACILEMENT...
TU DEVIENDRAS MA FEMME, JE LE SAIS !
DANS UNE AUTRE VIE...
N'OUBLIE PAS CE QUE JE T'AI DIT, JE FINIS TOUJOURS PAR OBTENIR CE QUE JE VEUX.

JAAAAM
ZUT...
JE SUIS ENCORE TOUTE TREMBLANTE ...
DÉSOLÉ...
GNAAAP
JE N'AI PAS SU TE PROTÉGER ET TU AS EU PEUR...

NON NON…
JE N'AI PAS EU PEUR…
J'ÉTAIS JUSTE EFFRAYÉE À L'IDÉE DE TE PERDRE…
MAIS…
JE SUIS BIEN DÉCIDÉE À NE JAMAIS TE LAISSER T'ÉLOIGNER DE MOI.
DONC JE N'AI PAS PEUR.
QUE CE SOIT TOI OU NOTRE AMOUR…
JE LES PROTÉGERAI…
JE MANQUE ENCORE DE FORCE DE CARACTÈRE, MAIS…
JE SUIS CONFIANTE…
CET HOMME…

J'AI ENVIE DE TA FOUGUE, DE TA RAGE...
C'EST LA PREMIÈRE FOIS QUE L'ON DÉSIRE CELA DE MOI...
CETTE DÉCLARATION M'A QUAND MÊME UN PEU PERTURBÉE...
ET ÇA, SI...
ÇA M'EFFRAIE UN PEU...

Il paraît que mes goûts en matière de filles sont très arrêtés. Vous savez, je suis un peu comme tous ces types qui s'imaginent qu'une fille, ça doit être comme ça, ça doit se comporter comme ça, etc. Hé oui, ça me fait bizarre d'avoir à le dire, mais je suis comme ça.
Et pourtant, j'ai beau avoir des exigences extrêmes, dans mon cas, c'est plutôt « faites ce que je dis, pas ce que je fais »
(je suis sûre que la plupart de mes amies doutent de ma féminité. Voire se demandent si je mérite d'être appelée « femme »...)
Quoi qu'il en soit, concernant les autres filles, je suis du genre tatillonne.
Et par exemple, HisaKo n'est pas vraiment ce qu'on pourrait appeler mon « type ». Parce que c'est une véritable femme, avec ses qualités et ses défauts. Et le souci, c'est qu'on voit tout ce qui cloche. Il est vrai aussi que cette imperfection la rend attachante et imprévisible...
Dans ce cas, vous vous demanderez en quoi consistent mes attentes. Problème, je ne saurai pas moi-même répondre clairement à une telle question. En fait, je passe du soft au hard en deux temps trois mouvements. Et donc j'ai tendance à vouloir unir les extrêmes...

HisaKo Irié
Née un 30 novembre
Groupe sanguin : B
1,60 m / 44Kg
Ses mensurations ? Elle tient à les garder secrètes. Mais elle porte un bonnet D...

VOL.2
MAIN FROIDE,
CŒUR CHAUD...

J'AI ENVIE DE TA FOUGUE, DE TA RAGE...
UN JOUR, TU SERAS MIENNE...
TU SERAS MIENNE...

HISAKO !
HAA
YATO...
TU N'AS PAS L'AIR DANS TON ASSIETTE...
SI SI, ÇA VA...
ÇA FAIT DÉJÀ QUELQUES JOURS QUE TU ES DANS CET ÉTAT...
JE SUIS LÀ, MA CHÉRIE...
YATO...

AU FAIT, POURQUOI AS-TU TA FORME HUMAINE, LÀ ?
PARCE QUE LA LUNE EST DE SORTIE, PARDI !
ALLEZ...
OUI MAIS JE VEUX DIRE...
C'EST D'AILLEURS BIENTÔT LA NOUVELLE LUNE ET JE NE VIENDRAI PLUS QUE RAREMENT... ♡
PROFITONS... ♡
TCHOP
...
OK, MAIS FAUT PAS TE FORCER, HEIN...
C'EST LE MATIN, LÀ...
OUAIS, MAIS SI ON NE LE FAIT PAS, JE VAIS REPRENDRE MA FORME DE LOUP PLUS VITE !
AH NON, PAS ÇA !
LA LUNE FAIBLIT, LÀ... ♡
HUU...
UN HOMME NOMMÉ HARUKA SÔMA TENTE DE METTRE LA MAIN SUR YATO...
L'INCIDENT DE L'ENLÈVEMENT REMONTE À DÉJÀ PLUS D'UN MOIS...

MAIS CE QUI M'INQUIÈTE, C'EST QUE DEPUIS, NOUS N'AVONS AUCUNE NOUVELLE.
HEUREUSEMENT QUE DANS CES MOMENTS-LÀ...
LES BRAS DE YATO PARVIENNENT À ME RÉCONFORTER.
LES BATTEMENTS DE SON CŒUR ME RASSURENT...
TOUT VA BIEN...
...
J'AI JUSTE PEUR D'EN FAIRE DES CAUCHEMARS...
JUSTE ÇA...

IL FAUT SIMPLEMENT LIVRER CE PAQUET ?
JE SUIS DÉJÀ ALLÉE À LA BOUTIQUE ANKICHIYA, DONC JE CONNAIS LE CHEMIN.
TRÈS BIEN. ÇA NE TE DÉRANGE PAS DE T'Y RENDRE ?
JE COMPTE SUR TOI
PAS DE SOUCI ! YATO EST AVEC MOI…
JUSQUE-LÀ, ÇA ALLAIT…
MAIS LES ANIMAUX NE SONT PAS AUTORISÉS DANS LE BUILDING. ATTENDS-MOI ICI !
HUU
ANTIQUES
庵吉屋
AN KICHI YA
BONJOUR ! JE VIENS DE LA BOUTIQUE KAGURAGI POUR VOUS APPORTER UN COLIS !
OH, MERCI ! JUSTE UNE SECONDE, JE TERMINE AVEC UN CLIENT !
FAITES ! J'AI DU TEMPS…

NON NON, C'EST BON, J'AI TERMINÉ...
VOUS... VOUS PARTEZ DÉJÀ ?
...
SÔ...
MONSIEUR SÔMA ?!
TIENS TIENS !
JE NE M'ATTENDAIS PAS À TE CROISER ICI...

QU... !
C'EST MA FEMME !
VOUS VOUS CONNAISSEZ ?
OUI...
ARRÊTEZ DE RACONTER N'IMPORTE QUOI !
BAH ET ALORS, VOUS FINIREZ PAR LE DEVENIR ! ALORS POURQUOI PERDRE DU TEMPS ?
DANS VOS RÊVES !
ZUIIISH
TU CROIS ?
JE SUIS SÛR QUE TU N'AS PAS RÉUSSI À M'OUBLIER PENDANT TOUT CE TEMPS.
COMMENT AURAIS-JE PU APRÈS CE QUE VOUS M'AVEZ...

Une main froide, un coeur chaud...

*Hisako est effrayée par Sôma. Non seulement parce que ce type est culotté, fort et influent, mais également parce qu'elle-même est très influençable et impressionnable. Personnellement, je dessine en me disant que pour Yato, les épisodes à venir vont être compliqués !^^ En même temps, je crois sincèrement que Yato se joue également des faiblesse d'Hisako et qu'il en profite pas mal aussi. ^^*

La boucle d'oreille de Yato.

*Il paraît qu'il s'agit du signe distinctif de ceux qui sont directement influencés par les bienveillances de la lune. Cela dit, Yato n'a pas l'air au courant de savoir exactement en quoi cela ce bijou consiste et il n'a pas vraiment l'air de s'en soucier. Faudrait peut-être, après tout ce temps, qu'il y pense, hein ! ^^*

Rien à voir mais le nom AnKichiya provient du nom de mon chat, AnKichi. Ce joli mâle vit actuellement chez mes parents, loin de moi, snif.

HEU, DITES...
HA HA HA
ÇA VOUS ENNUIERAIT DE FAIRE ATTENTION DANS MA BOUTIQUE ?
FAUT PAYER LES POTS CASSÉS
MONSIEUR SÔMA, AVANT QUE VOUS NE PARTIEZ, VEUILLEZ ME CONFIRMER VOTRE COMMANDE.
IL S'AGISSAIT BIEN D'UN COUTEAU À LETTRES AVEC UN MOTIF DE LOUP, N'EST-CE PAS ?
IL NOUS SERA LIVRÉ DEMAIN, NORMALEMENT. JE VOUS LE FAIS SUIVRE ?
OUI, S'IL VOUS PLAÎT.
OU PLUTÔT NON...
C'EST ELLE QUI VIENDRA ME L'APPORTER.
JE SUIS SÛR QU'ELLE RÊVE DE VOIR MA PETITE COLLECTION.
JE... NON...
NE FAIS PAS TA TIMIDE, VOYONS...

FUAAAAH
HISAKO !
TCHOP
SNIF
IL ÉTAIT LÀ, CE SALE TYPE ?
IL NE T'A RIEN FAIT, J'ESPÈRE !
HEIN ? ÇA VA...
TU ES SÛRE ?
J'AI BIEN FAIT DE VENIR !
HEU... JE...
HAA
SI YATO M'ACCOMPAGNE, IL RISQUE DE SE FAIRE CAPTURER...
JE T'ATTENDS, DEMAIN...

NE T'EN FAIS PAS, Y'AVAIT UN VENDEUR...
ALLEZ, RENTRONS...
JE N'AI QU'À REFUSER DE ME RENDRE CHEZ LUI, POURTANT...
REFUSER DE ME RENDRE CHEZ LUI...
COMME TU PEUX LE CONSTATER...
D'INNOMBRABLES ARTISTES ONT DÉJÀ CROISÉ...
LA ROUTE DE YATO...

JE NE SAIS PAS À QUEL POINT CES GENS ONT COMPRIS QUI IL ÉTAIT VRAIMENT...
MAIS MÊME MOI QUI EFFECTUE DES RECHERCHES À SON SUJET DEPUIS SI LONGTEMPS...
JE N'AVAIS PAS REMARQUÉ QU'IL SE MÉTAMORPHOSAIT.
TAP
POURQUOI CETTE COLLECTION ?
TIENS, TU T'INTÉRESSES ENFIN À MOI ?
NON...
C'EST MA SŒUR QUI L'A COMMENCÉE, AU DÉPART...
ET J'EN AI HÉRITÉ PLUS TARD...
HÉRITÉ ?
PARCE QU'ELLE EST MORTE.
ELLE S'EST DÉFENESTRÉE SOUS MES YEUX LE JOUR DE SON MARIAGE...
AH...
PARDON...

ET DIRE QUE LA VEILLE, JE LA TENAIS ENCORE DANS MES BRAS...
C'ÉTAIT UNE VIEILLE FILLE...
UN GENRE DE SAINTE...
POURTANT, SON REGARD LORS DE SES DERNIERS INSTANTS ÉTAIT D'UNE VIOLENCE TERRIBLE.
ET TOI AUSSI...
TU AS LE MÊME REGARD...

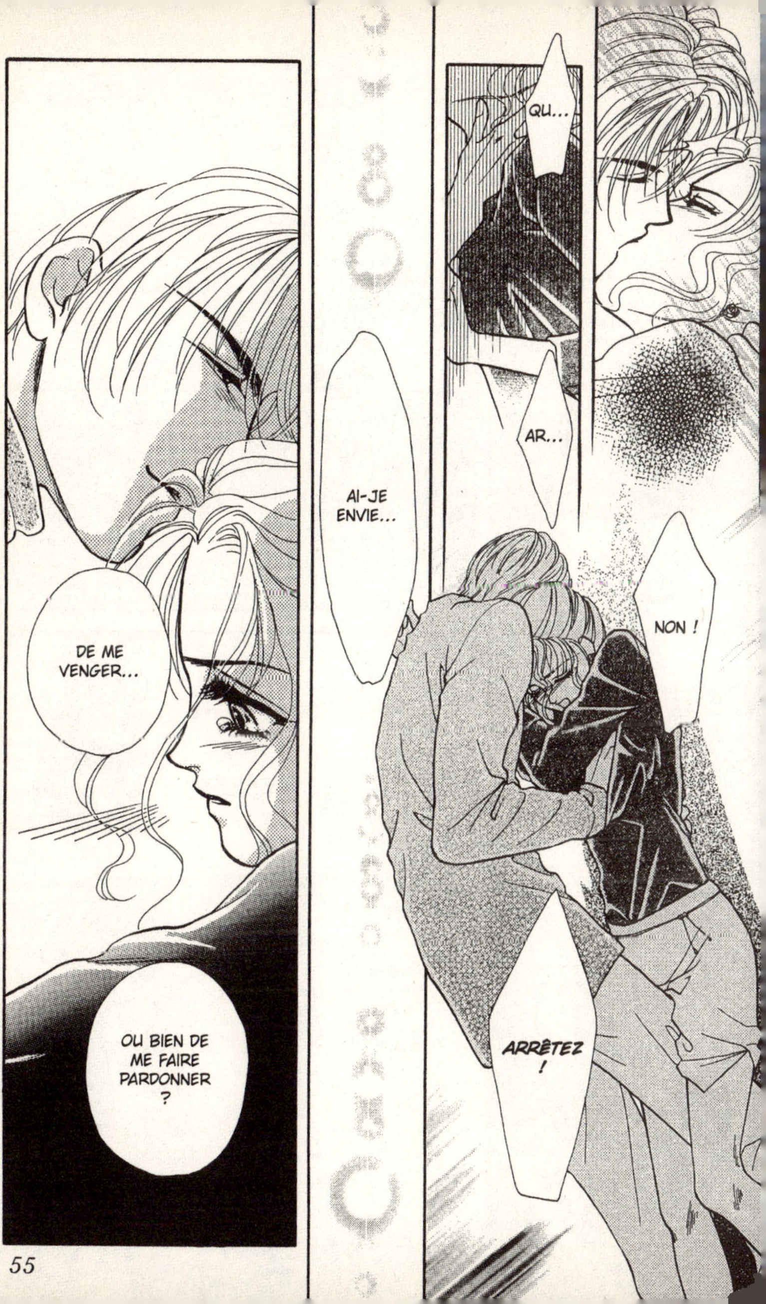
QU...
AR...
NON !
ARRÊTEZ !
AI-JE ENVIE...
DE ME VENGER...
OU BIEN DE ME FAIRE PARDONNER ?

SWIIIISH
!?
TCHIP
VA-T-EN…
AH, AU FAIT…
APRÈS-DEMAIN SOIR, JE PARS POUR L'EUROPE…
C'EST POUR LE BOULOT, MAIS JE NE REVIENDRAI PAS AVANT UN MOMENT…
AU DÉBUT, J'AI PENSÉ TE KIDNAPPER ET T'EMMENER AVEC MOI…
MAIS JE PRÉFÈRE QUE TU VIENNES DE TOI-MÊME…

ばん
ZAAAM
TAP TAP TAP TAP
IL ME FAIT PEUR !
SON CŒUR EST-IL À CE POINT SOMBRE ?
OU À CE POINT PERCÉ ?
POURVU QUE JE NE TOMBE PAS DANS LE GOUFFRE BÉANT DE SON CŒUR…
J'AI PEUR…

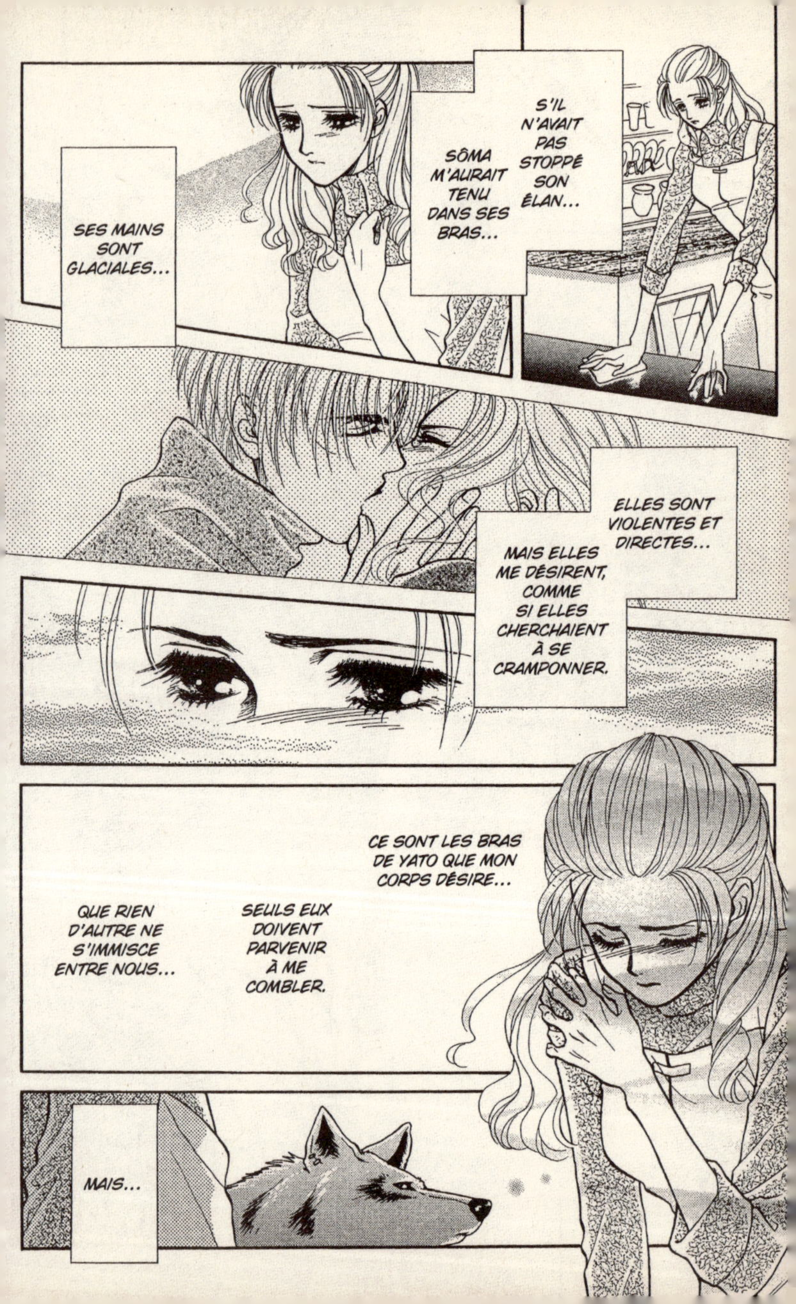
S'IL N'AVAIT PAS STOPPÉ SON ÉLAN...
SÔMA M'AURAIT TENU DANS SES BRAS...
SES MAINS SONT GLACIALES...
ELLES SONT VIOLENTES ET DIRECTES...
MAIS ELLES ME DÉSIRENT, COMME SI ELLES CHERCHAIENT À SE CRAMPONNER.
CE SONT LES BRAS DE YATO QUE MON CORPS DÉSIRE...
SEULS EUX DOIVENT PARVENIR À ME COMBLER.
QUE RIEN D'AUTRE NE S'IMMISCE ENTRE NOUS...
MAIS...

LA LUNE SAIT SE FAIRE DÉSIRER…
YATO…
TU NE PEUX PAS ENCORE TE MÉTAMORPHOSER…
NON…
J'ESPÈRE QUE DEMAIN, LES FORCES DE LA LUNE SERONT PERCEPTIBLES, MÊME FAIBLEMENT…
OUI…
QUOI, MES BRAS TE MANQUENT ?
MOI, ÇA NE ME DÉRANGE PAS DE T'EMBRASSER SOUS MON ASPECT ACTUEL, HEIN ! ♡

HISA...
NE T'EN FAIS PAS, JE VAIS BIEN...
HISAKO...
POURQUOI TU NE TE CONFIES PAS À MOI ?

C'EST CE SÔMA QUI JETTE LE TROUBLE DANS TON CŒUR, JE ME TROMPE ?
YA...
QUE S'EST-IL PASSÉ ?
DE QUOI DOUTES-TU ?
YATO ?!
TCHUI
JE CRÈVE DE NE PAS POUVOIR TE PRENDRE VRAIMENT DANS MES BRAS...
JE VAIS ME CHANGER LES IDÉES...

バタン
CLAAAAN
EMBRASSE-MOI...
YATO...
PRENDS-MOI...
キイ…
CRIIIIISH
JE SAVAIS QUE TU FINIRAIS PAR VENIR...

TU ES EXACTEMENT DU MÊME GENRE QU'ELLE...
TU NE SAIS TE REFUSER TOTALEMENT À DES HOMMES COMME MOI.
SOIS TU TOMBES...
SOIS TU T'AUTODÉ-TRUIS...
HAAA
NON...
DÉSOLÉE MAIS JE NE SUIS PAS VOTRE SŒUR...
IL M'EST IMPOSSIBLE DE VOUS PARDONNER OU BIEN ENCORE DE COMPRENDRE...
VOS PEINES ET VOS DOULEURS...

JE NE PARTIRAI DONC PAS AVEC VOUS...
ET SI JE SUIS LÀ...
C'EST POUR VOUS L'ANNONCER.
PENDANT UN TEMPS, VOS APPELS ET VOTRE DÉSIR ONT FAILLI ME FAIRE CÉDER...
MAIS...
POUR MA PART, MES DÉSIRS NE SONT RÉVEILLÉS QUE PAR UN SEUL HOMME...
ET IL S'AGIT DE YATO...

ET ?
TU PENSAIS VRAIMENT QU'EN TE POINTANT ICI...
TU PARVIENDRAIS À REPARTIR COMME SI DE RIEN N'ÉTAIT ?
T.CHOP
TCHOP
ZAAAM

QUE COMPTES-TU FAIRE ?
SAUTER DANS LE VIDE ?
COMME L'A FAIT MA SŒUR ?
SAUF QUE LÀ...
SI ELLE SAUTE...
NOUS SERONS TOUS LES DEUX !
YATO ?!?

HISAKO !
AS-TU TOTALEMENT CONFIANCE EN MOI ?
GNAAAP
OUI !
HÉ... !!!
QU...

SACRÉ COUPLE...
HA HA HA
TCHOP
BAH, PASSONS. DE TOUTE FAÇON, JE N'AI PLUS LE TEMPS...
ET PUIS AUTANT GARDER UN PEU DE PLAISIR POUR PLUS TARD.
YATO !
TAP TAP TAP
ATTENDS, YATO !
TU DOIS ÊTRE TRISTE, À CAUSE DE MON COMPORTEMENT IRRESPONSABLE...

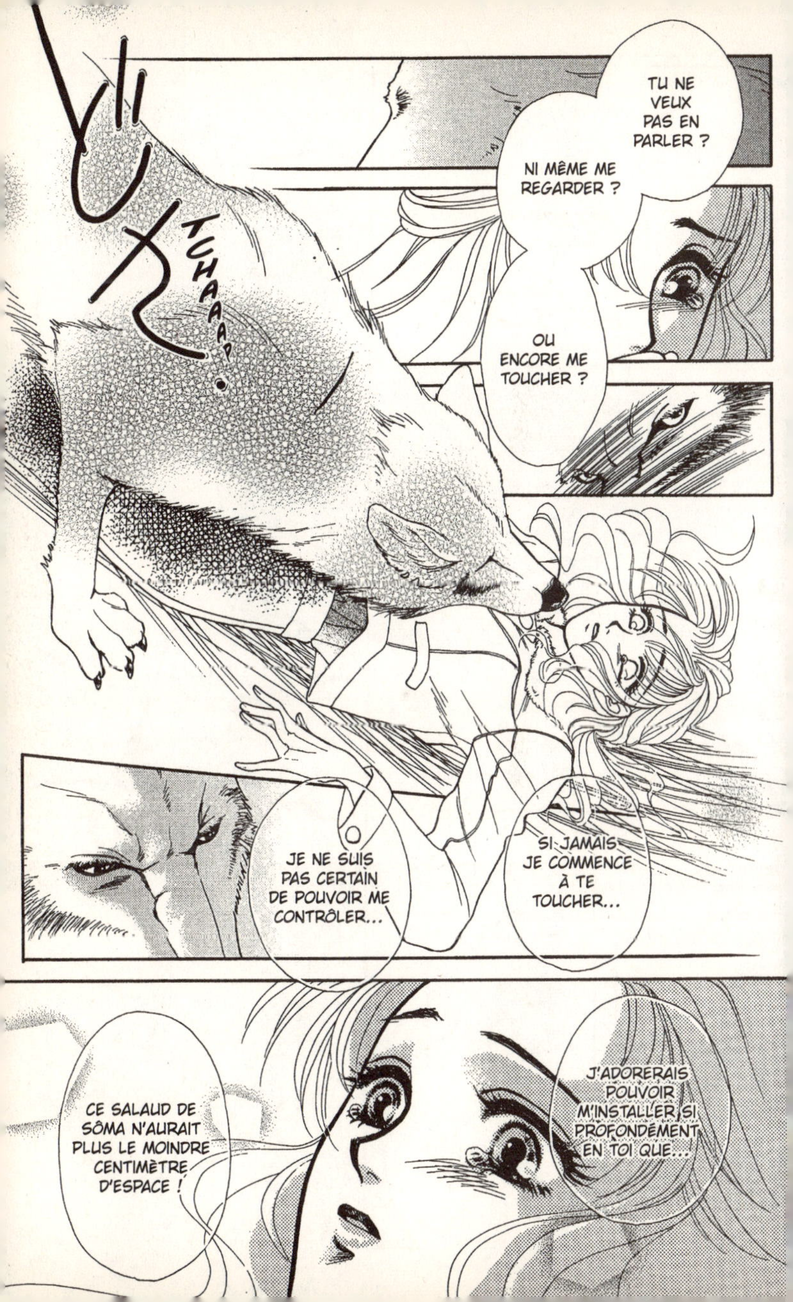
TU NE VEUX PAS EN PARLER ?
NI MÊME ME REGARDER ?
OU ENCORE ME TOUCHER ?
TCHAAAAAP
SI JAMAIS JE COMMENCE À TE TOUCHER...
JE NE SUIS PAS CERTAIN DE POUVOIR ME CONTRÔLER...
J'ADORERAIS POUVOIR M'INSTALLER SI PROFONDÉMENT EN TOI QUE...
CE SALAUD DE SÔMA N'AURAIT PLUS LE MOINDRE CENTIMÈTRE D'ESPACE !

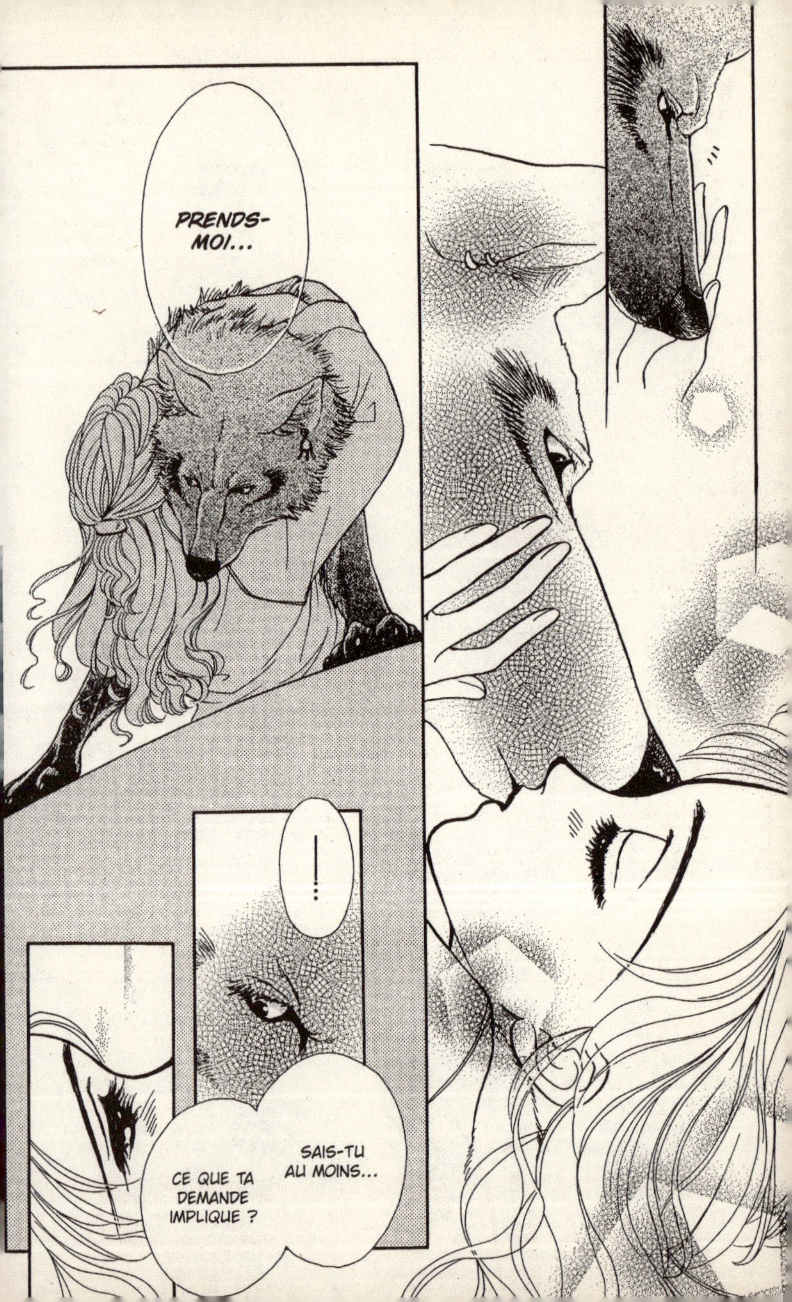
PRENDS-MOI...
!
SAIS-TU AU MOINS...
CE QUE TA DEMANDE IMPLIQUE ?

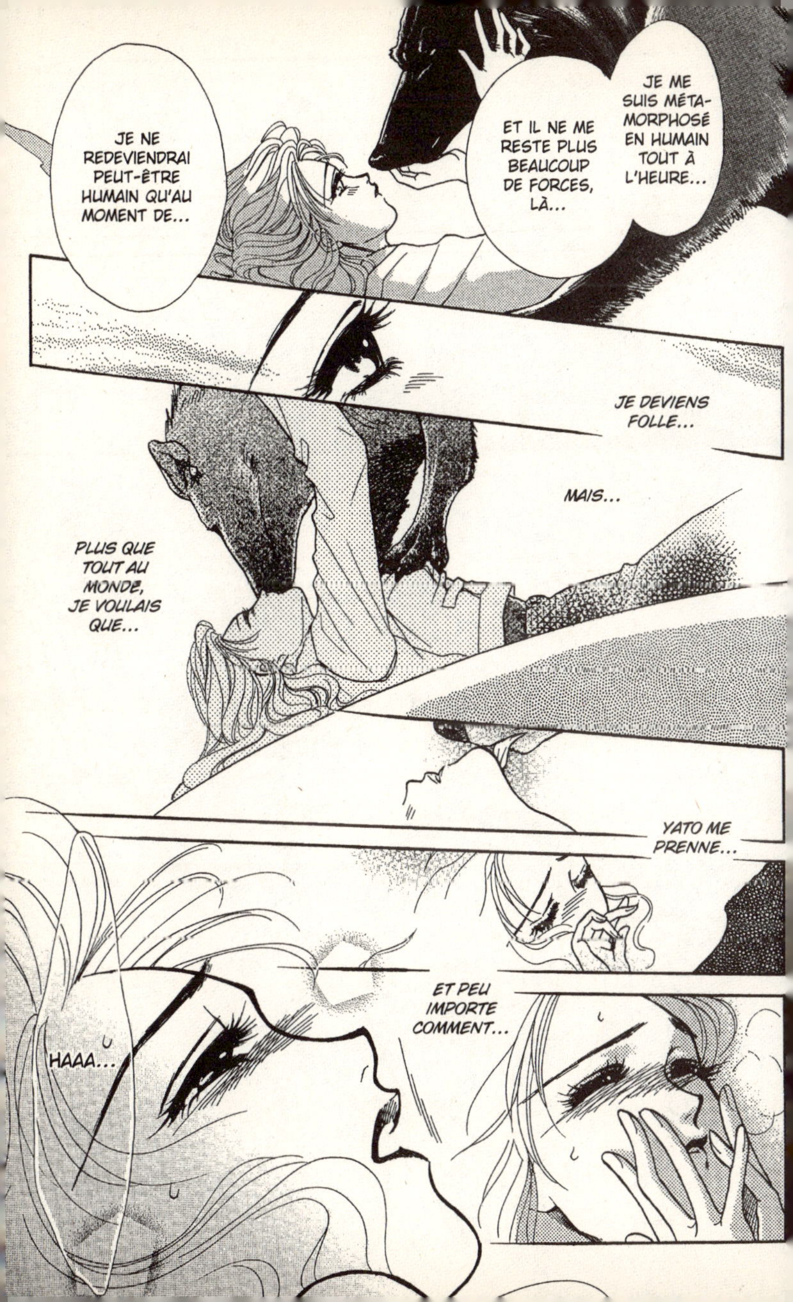
JE ME SUIS MÉTAMORPHOSÉ EN HUMAIN TOUT À L'HEURE...
ET IL NE ME RESTE PLUS BEAUCOUP DE FORCES, LÀ...
JE NE REDEVIENDRAI PEUT-ÊTRE HUMAIN QU'AU MOMENT DE...
JE DEVIENS FOLLE...
MAIS...
PLUS QUE TOUT AU MONDE, JE VOULAIS QUE...
YATO ME PRENNE...
ET PEU IMPORTE COMMENT...
HAAA...

OUI...
YA...
HUU...
YATO
...
TOUT CE QUI M'IMPORTE AUJOURD'HUI...
YATO...
HAAA !
C'EST D'ÊTRE DANS SES BRAS...

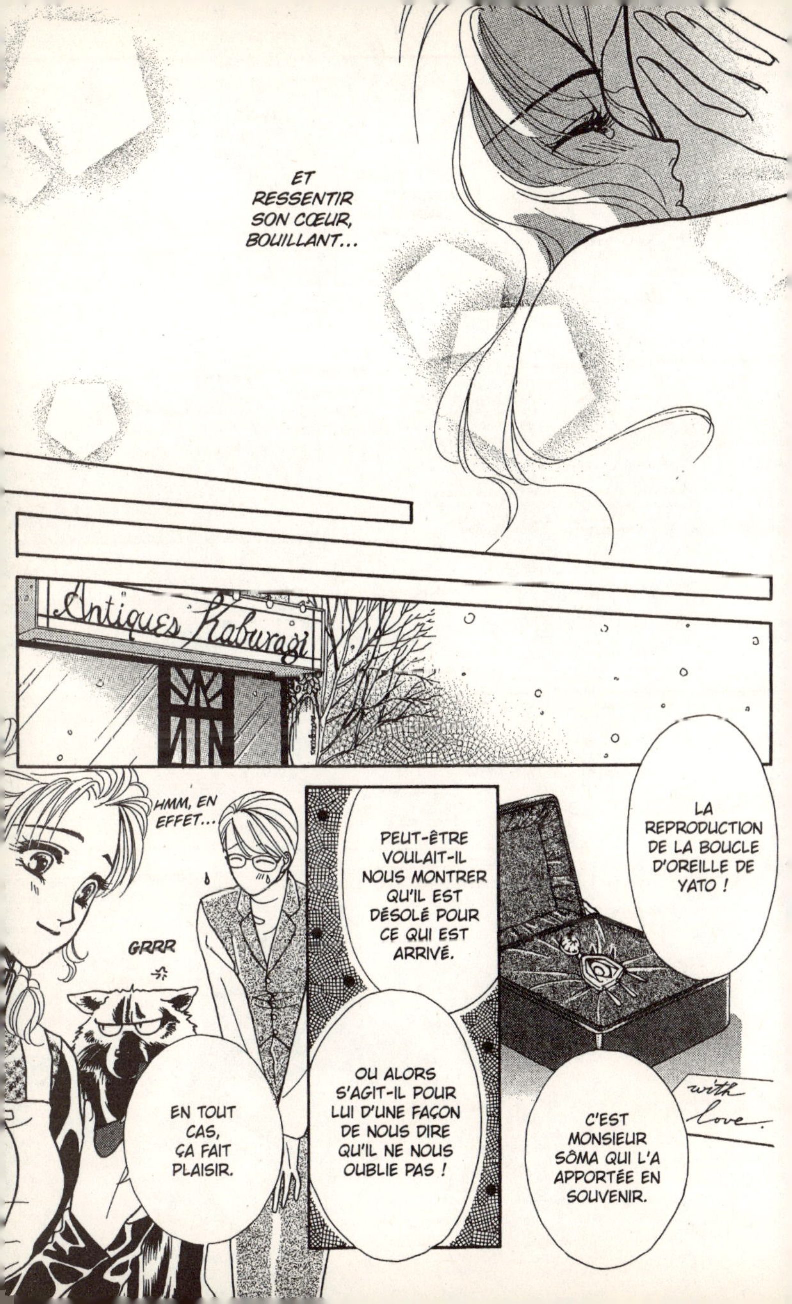
ET RESSENTIR SON CŒUR, BOUILLANT…
Antiques Kaburagi
LA REPRODUCTION DE LA BOUCLE D'OREILLE DE YATO !
C'EST MONSIEUR SÔMA QUI L'A APPORTÉE EN SOUVENIR.
with love.
PEUT-ÊTRE VOULAIT-IL NOUS MONTRER QU'IL EST DÉSOLÉ POUR CE QUI EST ARRIVÉ.
OU ALORS S'AGIT-IL POUR LUI D'UNE FAÇON DE NOUS DIRE QU'IL NE NOUS OUBLIE PAS !
HMM, EN EFFET…
GRRR
EN TOUT CAS, ÇA FAIT PLAISIR.

JAMAIS JE N'AURAIS CRU POUVOIR TOUCHER LE PASSÉ…
ET POUVOIR TOUCHER UNE PARTIE DE TON PASSÉ…
VOILÀ POURQUOI J'AIME LES ANTIQUITÉS.
RHAAA, À L'ATTAQUE !
HIII
WHAAA
MAIS ARRÊTE DE ME LÉCHER !
ET ALORS, T'AIMES ÇA, NON ?
JE VOUS LAISSE, HEIN !
CE SOIR, ON FAIT L'AMOUR COMME ÇA ?
IDIOT !

VOL.3 UNE POITRINE IDÉALE

ALORS, YATO !
TU TE DÉPÊCHES ?
LES PORTES VONT FERMER SI ON NE SE HÂTE PAS !
VA VITE TE CHANGER !
ÇA ME GONFLE
TIENS ?
VOUS SORTEZ CE SOIR ?
OUI.
UNE VIEILLE AMIE DE FAC ORGANISE UNE PETITE EXPO PERSONNELLE.
AYAME TOGAWA
TOGAWA AYAME
VIENS ! ROSÉ
AYA
TCHAP
AYAMÉ TOGAWA...
C'EST AUSSI UNE CLIENTE DE LA BOUTIQUE, NON ?
J'AI SOUVENIR D'UNE TRÈS BELLE FEMME, TRÈS ÉNERGIQUE...
OUI !

ELLE ÉTUDIAIT L'ART ET NOUS N'ÉTIONS PAS TOUT À FAIT DANS LA MÊME SECTION.
ET NOS CARACTÈRES SONT OPPOSÉS.
POURTANT, NOUS AVONS ÉNORMÉMENT SYMPATHISÉ.
ON NE SE VOIT PLUS BEAUCOUP VU QU'ELLE RÉSIDE MAINTENANT LOIN DE SAPPORO.
WHAAA !
ALORS, ON Y VA, OUI ? HISAKO !
YATO ! TU...
J'AI EU PEUR
BON BAH ON FILE, CHEF !
BONSOIR !
HEU...
BONNE SOIRÉE !

C'EST LA PREMIÈRE FOIS QUE J'EN ENTENDS PARLER.
POURTANT, ÇA VA FAIRE UN PEU PLUS D'UN AN QUE J'AI DÉBARQUÉ DANS TA VIE.
C'EST VRAI, NOUS NOUS SOMMES ÉLOIGNÉES...
MAIS C'EST LE GENRE DE FILLE AVEC QUI ON RETROUVE FACILEMENT SES REPÈRES.
SI VOUS ÉTIEZ SI PROCHES, POURQUOI NE PAS RESTER PLUS EN CONTACT AVEC ELLE ?
TCHUIP
OH LE BEAU COUPLE !
OUI !
C'EST BEAU LA JEUNESSE.
BON BAH ON VERRA BIEN...
OUI
Expo Aya-me
OH, LE COUPLE
BONJOUR !
TIENS, ON DIRAIT QUE C'EST LÀ...
COMMENT DIRE...
C'EST TRÈS... FIGURATIF... ?
CHAT DANSANT
IL DANSE ?
TOI ET L'ART...
TIENS, C'EST ELLE LÀ-BAS !

ELLE M'A VU !
OH !
AYAMÉ !
HI
SA
KOOOO !!!
BRAVO POUR TON EXP...
S'IL TE PLAIT, HISAKO !
MONTRE-MOI TES SEINS !!!

HEU, J'AI BIEN ENTENDU, LÀ ?
JE N'ARRIVE TOUJOURS PAS À M'ENLEVER TA POITRINE DE LA TÊTE, HISAKO !
ALORS S'IL TE PLAIT !
ZAAAAM
TU VEUX BIEN POSER POUR MOI ?
HEU, TON MANNE-QUIN ?
TCHA AAC
HIII !
AH !
HÉ PAS SI VITE !
IL N'Y A QUE MOI QUI...
AI LE DROIT DE VOIR OU DE TOUCHER...
LA POITRINE D'HISAKO !
YATO...
C'EST QUI, CE GRAND TYPE ?
MON PETIT AMI...
TON PETIT AMI ?!?

DEPUIS QUAND TU AIMES LES HOMMES QUI...
ONT MAUVAIS GENRE ?
ZUIP
HEIN ?
HEU...
ベリッ
ZUIP
TU ES TELLEMENT IMPRESSIONNABLE, MA PAUVRE HISAKO !
NE TE FAIS PAS ARNAQUER !
JE NE L'ARNAQUE PAS !
ベリッ
ZUIP
HA !
REGARDE COMMENT IL RÉAGIT ! IL A DES TRUCS À SE REPROCHER !
DE QUOI J'ME MÊLE ?
ベリッ
ZUIP
ET EN PLUS, IL A L'AIR...
SUPER PRÉTEN-TIEUX !
J'SUIS SÛRE QUE C'EST LE GENRE DE GIGOLO QUI PASSE SA VIE À SE FAIRE ENTRETENIR PAR LES FILLES !
FAIS GAFFE, HISAKO. T'AS TOUJOURS ÉTÉ NAÏVE ET TU VAS TE FAIRE AVOIR !
GRRR
ÉNERVÉ
NON MAIS QU...
TU SAIS, ON DIT QU'IL NE FAUT PAS JUGER LES GENS SUR L'AP-PARENCE...
MAIS LUI, SI !

MÉFIE-TOI DE CE GENRE D'HOMMES !
BON, C'EST FINI ?
J'VOUS SIGNALE QUE C'EST VOUS QUI HURLEZ À HISAKO...
MONTRE-MOI TES NICHONS !
ENTRE HISAKO ET MOI, PAS BESOIN DE COURBETTES !
ET PUIS...
IL EST VRAI QUE JE N'AI JAMAIS VU D'AUSSI BEAUX SEINS QUE LES SIENS !
BON OK AYAMÉ, STOP ! TU SAIS, MOI, JE NE SUIS PAS MANNEQ...
NE ME REFUSE PAS !
JE REFUSE D'AUTRES NIBARDS QUE LES TIENS !
C'EST TOI OU PERSONNE !
ILS SONT BLANCS, JOLIMENT POTELÉS ET ON L'AIR SI MOELLEUX AU TOUCHER...
BLAAA
BON HEU...
ET LEUR FORME !
LA PERFECTION DU NICHON !
LA COULEUR DE TES TÉTONS EST...
HAAA
OK OK, J'AI COMPRIS ! **STOOOP !**

GNAAAAP
ALORS TU ACCEPTES ?
JE SAVAIS QUE TU FINIRAIS PAR ME COMPRENDRE, HISAKO !
HAA...
GRRR
JE LOUE UN ATELIER À UN PROF...
VOICI L'ADRESSE POUR DEMAIN !
JE T'ATTENDS !
BON BAH...
ON SE VOIT DEMAIN, HEIN !
AH !
J'OU- BLIAIS...
PENDANT LA PÉRIODE DE POSE...
IL EST INTERDIT DE FAIRE L'AMOUR !
CO... COMMENT ?
HEIN ?
BAH OUI ! SE FAIRE TRIPOTER TOUTE UNE NUIT, ÇA CHANGE LÉGÈREMENT L'ASPECT DE LA POITRINE !
ET PUIS CE TYPE EN A DÉJÀ SUFFISAMMENT PROFITÉ POUR SUPPORTER QUELQUES JOURS, HEIN !
TROP SURPRIS POUR S'ÉNERVER

ELLE ME GONFLE, ELLE !
ALORS QU'ON ARRIVE EN PÉRIODE DE PLEINE LUNE...
ON M'INTERDIT DE TE TOUCHER !
JE N'Y ARRIVERAI PAS !
REDEVENU LOUP CAR TROP ÉNERVÉ.
T'AS L'AIR FÂCHÉ !
WHAAA !
ET PUIS ELLE SE PREND POUR QUI, CETTE NANA ?
JAMAIS JE N'AI VU QUELQU'UN S'ADRESSER DE CETTE FAÇON AU PETIT AMI D'UNE COPINE !
BAH, C'EST DU AYAMÉ TOUT CRACHÉ, ÇA...
AYAME 2 YEARS AGO
ELLE ATTACHE BEAUCOUP D'IMPORTANCE AUX RAPPORTS HUMAINS, ET...
MÊME SI ÇA LUI CAUSE PARFOIS QUELQUES SOUCIS, C'EST SA FRANCHISE QUI LUI PERMET DE VOIR QUI SONT LES AMIS FIDÈLES.
LES VRAIS...
ET POUR MOI QUI AI DU MAL À M'AFFIRMER...
J'ENVIE SA FORCE DE CARACTÈRE.

J'AI TOUJOURS VOULU DEVENIR...
COMME ELLE.
ELLE EST BELLE, INTELLIGENTE...
ELLE A DU STYLE ET TOUT POUR...
ON NE L'AIME PAS QUE POUR LE SEXE
COMPLEXE
QUE POUR LE SEXE
HEU, C'EST UNE QUALITÉ D'ÊTRE SEXY, HEIN...
JE...
HÉ BIEN MOI, JE T'ADORE TELLE QUE TU ES !
TON CÔTÉ TÊTE EN L'AIR, TON INDÉCISION...
TES CAPRICES, TA PETITE TÊTE BORNÉE...
IMPOSSIBLE DE TE QUITTER DES YEUX, TELLEMENT TU ES IMPRÉVISIBLE !
HEU...
FWAAAH

L'ENSEMBLE DE TOUS CES TRAITS DE CARACTÈRE...
FONT QUE JE T'AIME, HISAKO...
YATO...
MOI AUSSI...
QUE TU SOIS EN LOUP OU EN HOMME...
JE T'AIME, YATO...
TU ES BEAU ET COMPLEXE, TU ES UNIQUE...

HMMM
YA...
NON YATO, ARRÊTE !
BING !!
AÏE !
YATO
PFUU ! ON S'EN FOUT DE SON INTERDICTION DE FAIRE L'AMOUR !
NON. UNE PROMESSE EST UNE PROMESSE...
JE SAIS QUE TU EN AS ENVIE...
JE...
OH !
TIME LIMIT
JE NE SAIS PAS SI JE DOIS ME RÉJOUIR OU REGRETTER...
ET MERDE !
HISAKO...
HEUREUSEMENT QUE CE N'EST PAS ARRIVÉ EN COURS DE...
TU VAS LUI RÉVÉLER LA VÉRITÉ À MON SUJET ?
HEIN ?

C'EST TON AMIE, APRÈS TOUT. C'EST DONC NORMAL.
MOI, ÇA NE ME DÉRANGE PAS.
MAIS MOINS JE LA VOIS, MIEUX JE ME PORTE.
YATO...
MERCI ! ♡
WHAAA ! HISAKO !!! ♡
TU ES VENUUUUE ! MERCIIII !
HEU, MAIS ATTENDS...
C'EST QUOI CE GROS CLEB', LÀ ?
DÉSOLÉE...
IL TENAIT ABSOLUMENT À M'ACCOMPAGNER ET N'EN FAIT QU'À SA TÊTE...
JE TE REPRÉSENTE YATO...

HEIN ?
ÇA ALORS, HISAKO, QUELLE IDÉE !
TU DONNES À TON CHIEN LE NOM DE TON IMBÉCILE DE PETIT AMI ?
QU...
QUAND VOUS AUREZ CASSÉ, TU REGRETTERAS !
HEU, EN FAIT...
PAF PAF
BAH, C'EST PAS GRAVE ! IL A L'AIR BIEN DRESSÉ, DE TOUTE FAÇON !
BON, TU TE CHANGES ?
HEU...
ELLE N'A PAS L'AIR DISPOSÉ À ÉCOUTER...
ET À CROIRE...
TU N'AS PAS FROID ?
NON, ÇA VA...
MAIS ME RETROUVER TOUTE SEULE TOUTE NUE, C'EST ASSEZ GÊNANT...
HMMM ? OUI, JE PEUX COMPRENDRE...

DANS CE CAS...
MOI AUSSI, À POIL !
HEIN ???
BAH QUOI, ÇA TE SURPREND ?
HEU... BAH...
DEHORS !
VLAAAM
COCHON !
HÉ BIEN, TU TE CACHES MÊME AUX YEUX DE TA BÊTE ?
DISONS QU'EN FAIT, IL...
SACRÉE HISAKO, VA !
HA HA HA
COMMENT DIRE...
TU N'AS PAS CHANGÉ, HISAKO...
HEIN ?

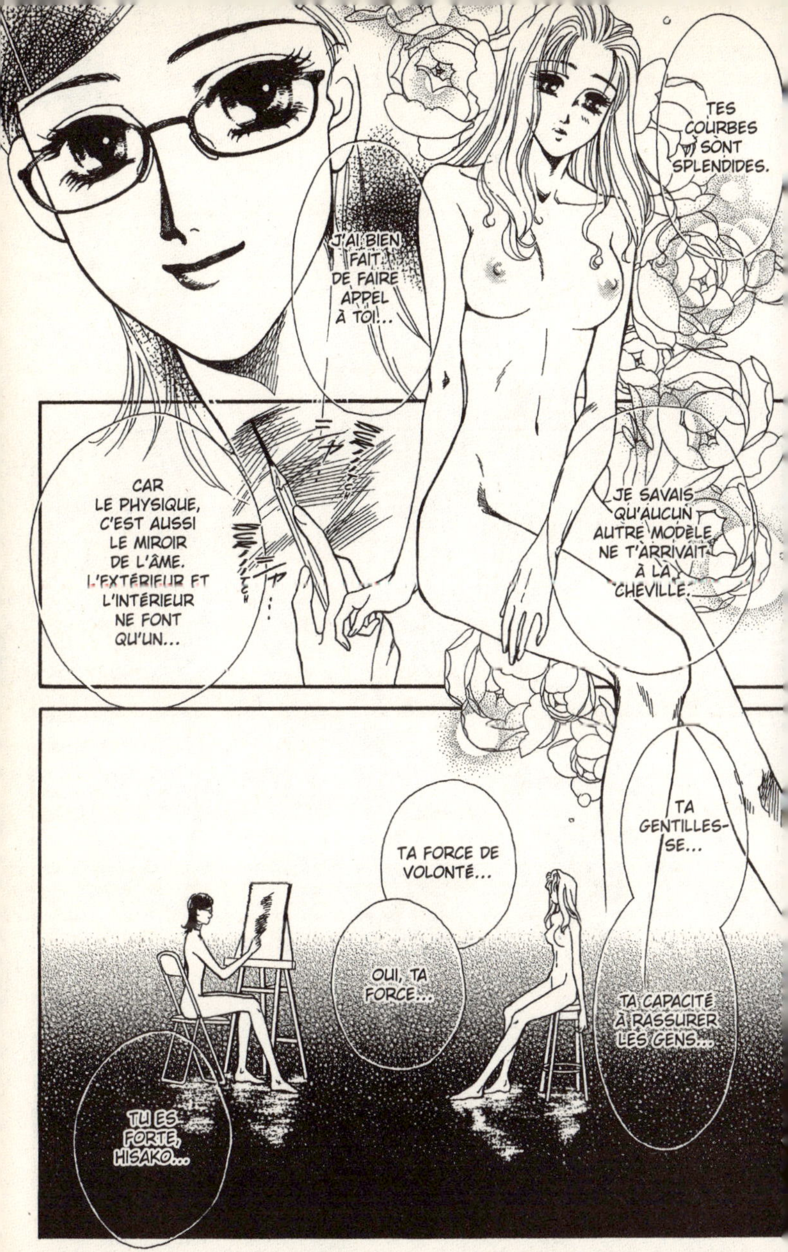
TES COURBES SONT SPLENDIDES.
J'AI BIEN FAIT DE FAIRE APPEL À TOI...
JE SAVAIS QU'AUCUN AUTRE MODÈLE NE T'ARRIVAIT À LA CHEVILLE.
CAR LE PHYSIQUE, C'EST AUSSI LE MIROIR DE L'ÂME. L'EXTÉRIEUR ET L'INTÉRIEUR NE FONT QU'UN...
TA GENTILLES-SE...
TA FORCE DE VOLONTÉ...
TA CAPACITÉ À RASSURER LES GENS...
OUI, TA FORCE...
TU ES FORTE, HISAKO...

LA PREMIÈRE FOIS QUE JE T'AI VUE...
J'AI PENSÉ QUE TU ÉTAIS LE GENRE DE FILLE À RAPIDEMENT DEVENIR COCUE.
TU AS TOUJOURS L'AIR D'ÊTRE AILLEURS...
ET LES HOMMES PROFITENT DES FEMMES UN PEU NAÏVES.
MAIS TOI, TU N'EN AS JAMAIS VOULU AUX HOMMES...
C'EST JUSTE QUE...
SI JE LEUR REPROCHAIS OU BIEN M'EN ÉLOIGNAIS...
JE NE RISQUE QUE DE ME RETROUVER TOUTE SEULE.
PEUT-ÊTRE MAIS...
UNE TRAHISON, ÇA FAIT TOUJOURS MAL, NON ?
ET POURTANT, TOI, TU N'ACCUSES PERSONNE...
TU PARVIENS À ENCAISSER AUSSI BIEN LE CŒUR DES HOMMES...
QUE TON PROPRE CHAGRIN...
ET LÀ, J'AI COMPRIS QUE TU ÉTAIS QUELQU'UN DE TRÈS FORT.

QUAND J'AI COMPRIS CELA, J'AI VRAIMENT VOULU DEVENIR TON AMIE.
AYAMÉ...
BON BAH LE GRAND MOMENT EST ARRIVÉ !
JE VAIS MAINTENANT DESSINER...
HIII
TA MAGNIFIQUE PAIRE DE SEINS !
HAAA
SI BLANCHE, GÉNÉREUSE, FERME, DOUCE...
OUI, BON ÇA VAAAAA !
ET MOI ALORS ?
HISAKO, MERCI INFINIMENT POUR AUJOURD'HUI !
SI ÇA NE DURE QUE SI PEU DE TEMPS, JE PEUX REVENIR TOUS LES JOURS SI TU AS BESOIN D'AUTRES DESSINS.
OH, SYMPA !

J'ADORERAIS POUVOIR TE DESSINER PLUS, MAIS LE TEMPS ME FAIT DÉFAUT.
DEMAIN, J'AI UN MONTAGE ET...
UN MON-TAGE ?
OUI, JE MONTE UNE GROSSE EXPO DANS DIX JOURS, DANS LA VILLE VOISINE.
ET SI JE VEUX TERMINER CETTE ŒUVRE À TEMPS...
QUOI ?
ON Y VA?
JE VAIS ÊTRE EXPOSÉE ?
BAH OUI !
TU CROYAIS QUE C'ÉTAIT POUR RIGOLER ?
HEU... BAH...
?
TCHAP
QUELLE GARCE !
J'Y CROIS PAS !
EXPOSER LE CORPS D'HISAKO AUX YEUX DE TOUS ! GRRR !

Bah, tu sais bien que les originaux sont à toi !

Une poitrine idéale

Je tiens à préciser que ce titre « une poitrine idéale » n'est autre que le ressenti d'une artiste, Ayamé en l'occurrence, pour les besoins d'un projet d'œuvre d'art, hein ! Il ne s'agit en aucun cas de caractéristiques de beauté universelle !

Hisako se retrouve nue comme un ver et la gêne semble être plus forte que tout. Mais elle me fait marrer, moi (rires). Cela dit, le fait qu'elle soit entièrement nue rend la chose naturelle. Mettre un artifice aurait donné une petite touche fétichiste à l'épisode, vous ne pensez pas ? Donc c'était mieux ainsi.

Cette fois, l'épisode a donné un peu d'espace à Hisako pour s'exprimer. Une amie, qui a lu ce chapitre, a trouvé que ça permettait aux lecteurs de se rendre compte à quel point Hisako méritait finalement d'être aimée. En revanche, du côté de Yato, il passe un épisode entier énervé et fâché ! (rires)

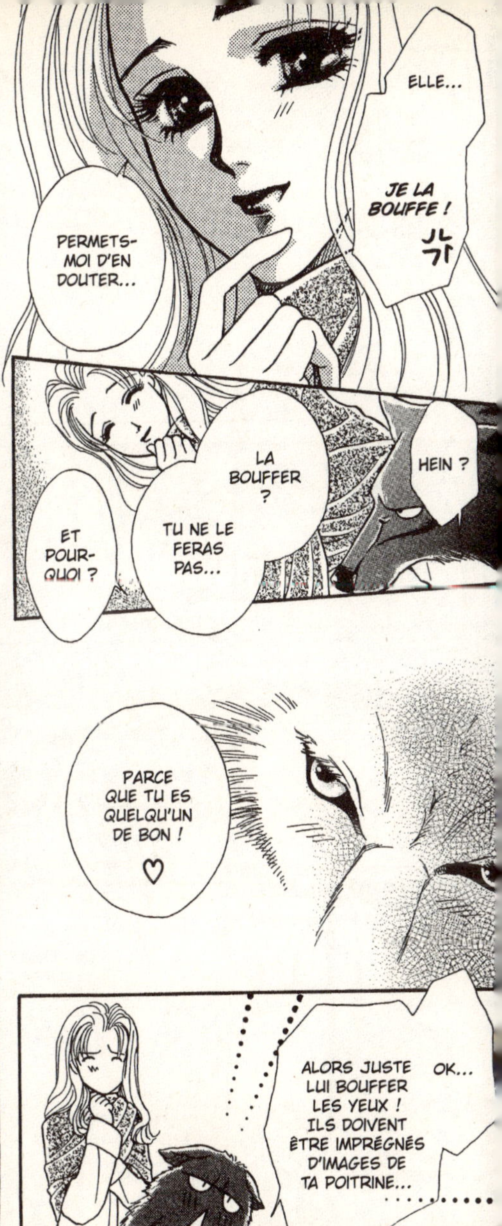

IL N'Y A QUE MOI QUI AI LE DROIT DE SAVOIR !
AU SUJET DE TES SEINS.
BLANCS, MOELLEUX, DOUX AU TOUCHER...
D'UNE FORME REBONDIE ET PARFAITEMENT MALLÉABLE.
ET QUE TES TÉTONS SONT RO...
AÏE...
QU'EST-CE QU'ILS ONT TOUS AVEC MES SEINS ?
J'AI BIEN AVANCÉ SUR MON BUSTE...
JE NE PENSE PLUS AVOIR BESOIN DU MODÈLE ORIGINAL EN FAIT...
TU ES VENUE POUR RIEN. MAIS ÇA FAIT PLAISIR DE TE VOIR !
PAS DE SOUCI...

AYAMÉ, TU N'AS PAS TRÈS BONNE MINE...
C'EST JUSTE QUE JE N'AI PAS BEAUCOUP DORMI...
NE T'EN FAIS PAS...
ELLE A L'AIR DE TROP BOSSER POUR SON EXPO, NON ?
OUI...
C'EST LA DERNIÈRE LIGNE DROITE...
TIENS, TU SERAIS COMPLAISANT AVEC ELLE, MAINTE-NANT ?
!!
REGAR-DE-LÀ...
ELLE...
ELLE SE DONNE À FOND ET ÇA FORCE QUAND MÊME...
LE RES-PECT...
T'ES COOL ! ♡
MERCI
OUI BON HEU...
HMM
....
DE RIEN...

KLONG
ガタ
CLAAAAM
ガタ
CLAAAAAM
AYAMÉ !!!
ZUT ! TON FRONT EST BOUILLANT !
BAH, ÇA VA PASSER...
PAS AVEC UNE TELLE FIÈVRE !
POUSSE-TOI, HISAKO !
OÙ SE TROUVE SA CHAMBRE À COUCHER ?
YATO, PAR ICI !

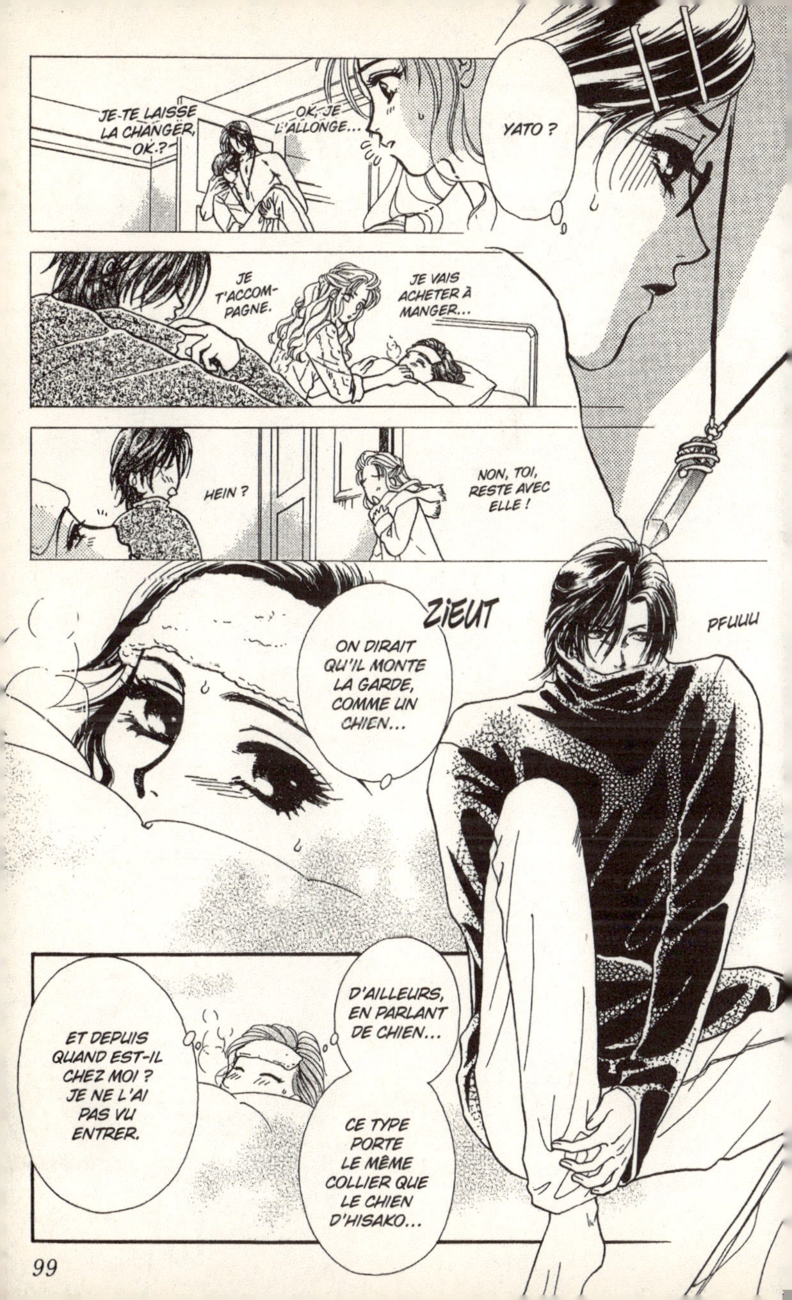
JE TE LAISSE LA CHANGER, OK.?
OK, JE L'ALLONGE…
YATO ?
JE VAIS ACHETER À MANGER…
JE T'ACCOMPAGNE.
NON, TOI, RESTE AVEC ELLE !
HEIN ?
PFUUU
ZIEUT
ON DIRAIT QU'IL MONTE LA GARDE, COMME UN CHIEN…
D'AILLEURS, EN PARLANT DE CHIEN…
CE TYPE PORTE LE MÊME COLLIER QUE LE CHIEN D'HISAKO…
ET DEPUIS QUAND EST-IL CHEZ MOI ? JE NE L'AI PAS VU ENTRER.

ME REVOILÀ !
OH !
IL FAIT TROP FROID DEHORS.
TU ES GLACÉE...
HAAA !
VIENS-LÀ...
JE COMPRENDS MIEUX...
VOUS DEUX, VOUS...

ON DIRAIT QUE LA FIÈVRE A BIEN CHUTÉ.
DÉSOLÉ POUR TOUS CES DÉRANGEMENTS…
NON NON, JE SUIS CONTENTE DE T'ÊTRE UTILE !
UN PEU DE POMME ?
OUI…
TE SAVOIR A MES CÔTÉS ME RASSURE TELLEMENT…
T'ES LE GENRE DE FILLE QUE J'AI ENVIE DE COUVRIR…
ET POURTANT, C'EST TOI QUI ME PROTÈGES…
HISAKO…
J'AI TOUJOURS VOULU DEVENIR…
COMME TOI.

TU ES DOUCE, ATTENTIONNÉE...
ET TRÈS FORTE.
AYAMÉ...
VOILÀ POURQUOI J'AIMERAIS FAIRE DE CETTE CRÉATION MON CHEF-D'ŒUVRE.
TU SAIS, MOI AUSSI...
J'AI TOUJOURS RÊVÉ D'ÊTRE COMME TOI...
AYAMÉ...
CELA DIT...
N'ÉTANT QUE MOI-MÊME...
JE FAIS DE MON MIEUX POUR TE RASSURER...
OU T'ÊTRE UTILE DANS TON ART.
JE SUIS DÉJÀ TELLEMENT HONORÉE ET FIÈRE QUE YATO ET TOI ME DONNIEZ TANT D'INTÉRÊT.

ET AU FINAL, ÇA ME REND FIÈRE…
D'ÊTRE MOI-MÊME…
ALORS TU CROIS QUE JE DOIS AUSSI ÊTRE SATISFAITE DE CE QUE JE SUIS ?
BIEN ENTENDU !
!
HISAKO…
MERCI D'AVOIR POSÉ POUR MOI…
LE RESTE, JE VAIS TERMINER ÇA DE MON CÔTÉ…
TU ES SÛRE ?
OUI !
SI J'AI À NOUVEAU BESOIN DE TOI, JE T'APPELLERAI…
ALORS EN ATTENDANT, PAS DE SEXE !
CLAAAAM
AH…
IL ÉCOUTAIT… →

AYAME TOGAWA
POUR HISAKO, VIENS VOIR MON EXPO ! ♡ AYA
AYAMÉ A DONC DÛ RETOURNER À TOKYO...
POUR DES RAISONS PROFESSIONNELLES.
ET ELLE N'A PAS EU BESOIN DE TA PRÉSENCE ! QUELLE PERTE DE TEMPS !
BRRR
QUEL DOMMAGE QUE L'ARTISTE NE SOIT PAS PRÉSENTE...
POUR LE PREMIER JOUR DE L'EXPO...
DOMMAGE
AH !
C'EST ICI !
Expo Ayame Togawa
JE NE SAIS PAS SI J'AI HÂTE OU PEUR DE VOIR CERTAINES ŒUVRES ! HA HA !
GO
ON RENTRE ?
HA !

embrace
CES AILES...
C'EST TOI...
MOI ?
T'ES SÛRE ?
OUI...

EXCUSEZ-MOI, SERIEZ-VOUS HISAKO IRIE ?
HEU... OUI...
AYAMÉ M'A CONFIÉ UNE LETTRE À VOUS REMETTRE...
UNE LETTRE D'AYAMÉ ?
Chère Hisako...
Merci pour tout ce que tu as fait pour moi ces derniers jours. J'ai été très heureuse de pouvoir te revoir, même si je suis encore désolée pour le dérangement.
Alors, que penses-tu de mon nouveau chef-d'œuvre ? J'ai décidé de m'accepter telle que je suis, même si tu restes pour moi la femme idéale. Et cette statue, c'est mon idéal...
Et ces ailes, également...
AYAMÉ...

N'étant pas humain, la vie parmi nous sera un peu difficile-mais votre amour permettra de tout surmonter.
HEIN ?
J'espère te revoir très prochainement.
Ayamé
Bon, je les ai réalisées de façon un peu grossière, à l'image de ton homme, mais...
HEU, TU SAIS C'QU'IL TE DIT, L'HOMME ?
je trouve que votre relation de couple...
...est vraiment magnifique...
ELLE...
QUAND A-T-ELLE REMARQUÉ QUE TU...

SÛREMENT QUAND ELLE EST TOMBÉE DANS LES VAPES...
CRIIISH
SHAAAAP
SMACK
SMACK
MAIS... !
POURTANT, TU T'ES MÉTAMORPHOSÉ DE FAÇON TRÈS DISCRÈ...
SMACK
WHAAA !
SMACK
NOOON
LAISSE-MOI AU MOINS ÔTER MES CHAUSSURES !
FAUT PAS LES GARDER...
LAISSE-MOI FAIRE. JE VAIS TOUT T'ÔTER... ♡
JE TE SIGNALE QUE ÇA FAIT PRATIQUEMENT DEUX SEMAINES, EN PLUS DE LA NOUVELLE LUNE, QUE L'ON N'A RIEN FAIT...
CES YEUX DE PERVERS...!
JE N'ATTENDRAI PAS UNE SECONDE DE PLUS !

ET D'AILLEURS, TES SEINS...
JE NE LES AI PAS PELOTÉS NON PLUS DEPUIS TOUT CE TEMPS !
WHAAA
HAAA
POUIC POUIC
HÉ HÉ HÉ
POUIC
ET COMME CE SOIR C'EST ENCORE LA PLEINE LUNE...
COMPTE SUR MOI POUR TE PELOTER JUSQU'AU PETIT MATIN !
HEIN, MAIS HEU...
JE SUIS CERTAIN QUE TU N'ATTENDAIS QUE ÇA, EN FAIT...
OUI...

Je ne suis pas très certaine de mes goûts en matière de garçons. Si je devais répondre sans trop réfléchir, je dirais que j'aime les hommes à forte personnalité physique. En gros, les top model, ce n'est pas forcément mon trip, même si j'apprécie quand même la distinction et les gens qui s'expriment avec une certaine classe.

Vous voyez, dans le genre indécise, je suis pas mal. Avec ça, comment comprendre quel genre de garçons j'aime ? Concernant Yato, je n'ai jamais considéré qu'il était particulièrement « beau » (désolée, hein !). Bien entendu, j'essaie, dans la mesure du possible, d'en faire un mec qui se prétend beau, mais comme je n'avais imaginé que mes dessins finiraient un jour par intéresser quelqu'un, je n'ai jamais ressenti l'utilité de travailler mon trait pour trouver la beauté universelle. J'ai beaucoup étudié les attitudes, les gestes et les mouvements mais si j'avais su que des gens liraient un jour mes mangas... Bah, c'est ce qu'on pourrait appeler un acte manqué, non ?

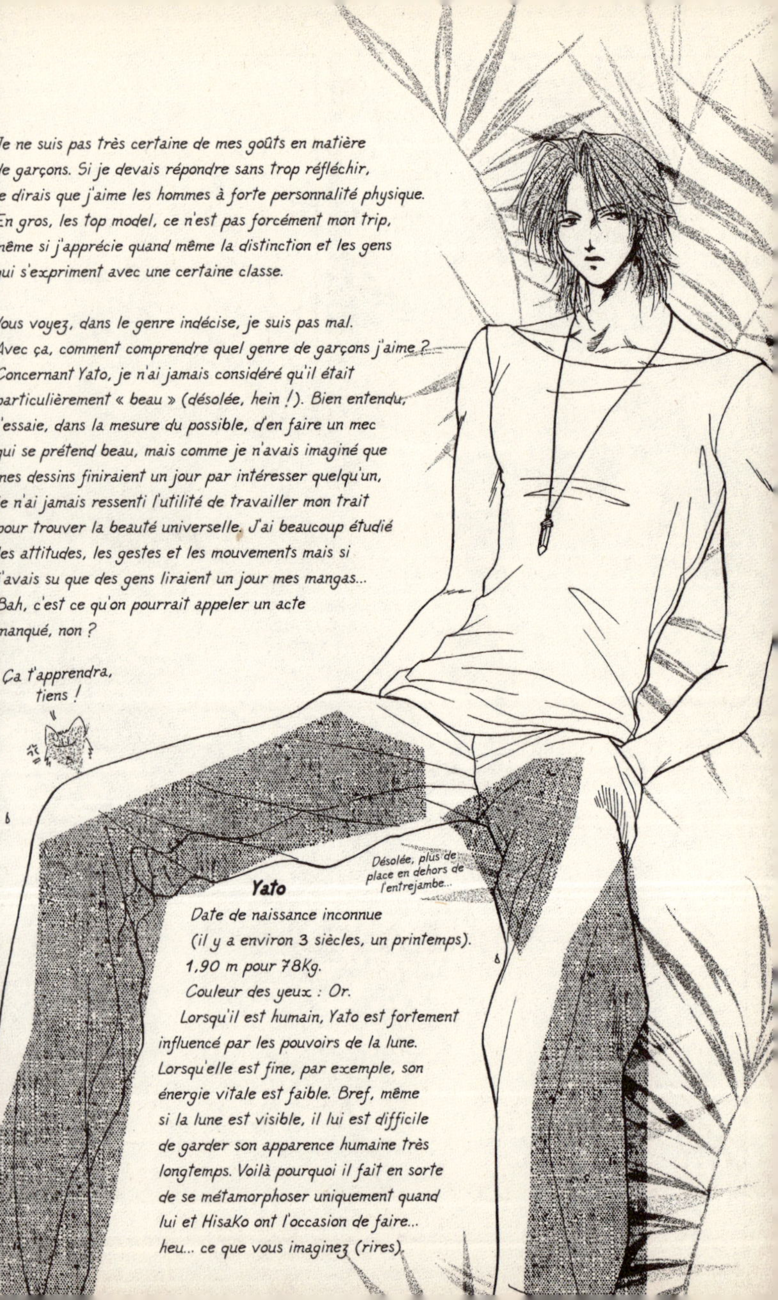

Yato

Date de naissance inconnue (il y a environ 3 siècles, un printemps).
1,90 m pour 78Kg.
Couleur des yeux : Or.

Lorsqu'il est humain, Yato est fortement influencé par les pouvoirs de la lune. Lorsqu'elle est fine, par exemple, son énergie vitale est faible. Bref, même si la lune est visible, il lui est difficile de garder son apparence humaine très longtemps. Voilà pourquoi il fait en sorte de se métamorphoser uniquement quand lui et Hisako ont l'occasion de faire... heu... ce que vous imaginez (rires).

VOL.4
APPARENCE
NATURELLE ♡

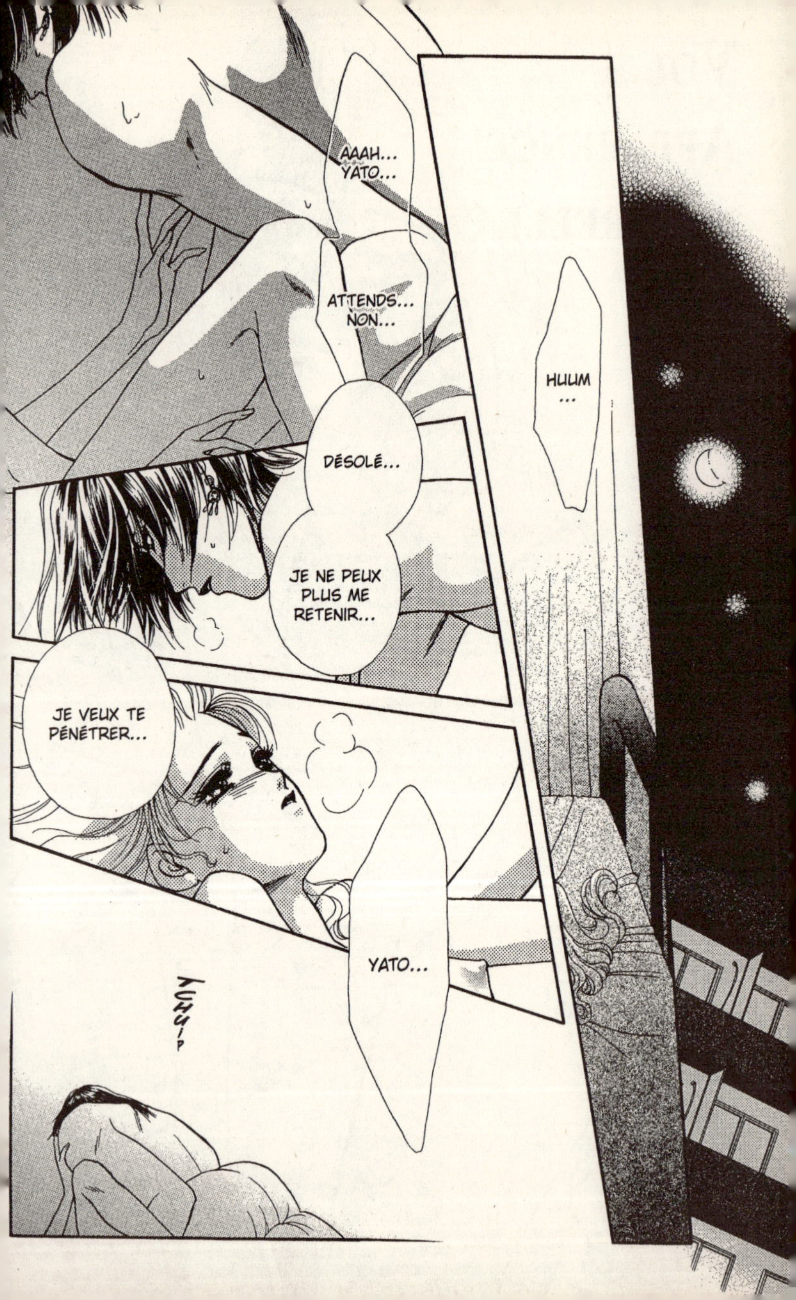
HUUM...
AAAH... YATO...
ATTENDS... NON...
DÉSOLÉ...
JE NE PEUX PLUS ME RETENIR...
JE VEUX TE PÉNÉTRER...
YATO...

OUPS !
!!
AAAARGH !
VLAAAASH
Vétérinaire Suzui
HA HA HA
DÉSOLÉE SI ÇA ME FAIT RIRE, MAIS JE CROIS QUAND MÊME QUE…
VOUS ÊTES PASSÉS À CÔTÉ D'UNE CATASTROPHE…
OUI, C'EST VRAI…

NOUS SUIVONS YATO DEPUIS L'ÉPOQUE DE MON GRAND-PÈRE...
CELA DIT...
ET C'EST LA PREMIÈRE FOIS QUE L'ON ENTEND PARLER D'UNE MÉTAMORPHOSE EN PLEIN COÏT...
C'EST LA PREMIÈRE FOIS POUR MOI AUSSI...
LA LUNE EST TROP FAIBLE EN CE MOMENT...
MAIS T'ÉTAIS PAS D'ACCORD POUR LE FAIRE MÊME EN LOUP, HISAKO ?
QU...
TU... TU M'AS UN PEU FORCÉE ET...
DISONS QUE...
ALORS T'ES PAS D'ACCORD POUR QUE JE TE LA METTE, C'EST ÇA ?
LA METT... ?
QU'EST-CE QUE ÇA PEUT FAIRE QUE JE SOIS EN HOMME OU EN LOUP ?
NE SOIS PAS SI BORNÉE !
GRRR
BORNÉE ? NON MAIS LE PROBLÈME EST AILLEURS ! JE...
OUAIS OK, ÇA...
C'EST DONC JUSTE UNE QUESTION DE PHYSIQUE.
PUISQUE TU NE VEUX PAS DE MOI EN LOUP...

JE VAIS ME TROUVER UNE NANA QUI NE SERA PAS CONTRE ÇA...
JE SUPPOSE QUE LES FEMMES AIMANT LES BÊTES, ÇA DOIT SE TROUVER...
HEU, VOUS DEUX...
POURRIEZ-VOUS M'ÉPARGNER VOS HISTOIRES DE FESSES, LÀ ?
C'EST MARRANT MAIS BON...
NAO !!! NAO, T'ES LÀ ?!?
NAO !!!
TA SONNETTE EST CASSÉE...

OH, PARDON, TU AS DÉJÀ DES PATIENTS...
NON NON, JE T'EN PRIE...
HISAKO, JE TE PRÉSENTE UNE AMIE, AKANE TSUKAHARA.
WHAAA !
CE CHIEN EST MAGNIFIQUE ! TOUT À FAIT MON GENRE !
SALUT CHÉRIE !
JE PEUX LE CARESSER ?
ON DIRAIT UN LOUP !
TROP CLASSE
IL A FORCÉMENT DU SANG DE LOUP DANS LES VEINES, NON ?
HEU...
ZUISH
HU HU...
T'ES UN BON CHIEN-CHIEN...

TCHOOOOOP
!!
YATO !
はっ
WHAAA !
QU...
IL EST TOMBÉ À CAUSE...
DU PLAISIR QU'ELLE LUI A PROCURÉ ?!?
HÉ BIEN...
ÇA ALORS, ELLE EST PARVENUE À RENVERSER YATO...

AKANE EST DRESSEUSE DE CHIENS...
ET ELLE A DES DOIGTS DE FÉE, CAPABLES DE FAIRE DU BIEN À N'IMPORTE QUELLE RACE !
DES DOIGTS DE FÉE...
DONC... VOUS...
ACCEPTERIEZ-VOUS DE M'APPRENDRE COMMENT BIEN CARESSER UN CHIEN ?
TU ME FAIS ROUGIR...
ET COMME ÇA, JE SERAI CAPABLE DE DONNER DU PLAISIR À YATO EN LOUP !
DÉSOLÉE MAIS...
J'AI DÉJÀ ESSAYÉ PLUSIEURS FOIS...
ÇA NE S'ENSEIGNE PAS...

Apparence naturelle ♡

J'ai adoré dessiner cette histoire. J'ai récupéré pas mal de documents afin de pouvoir dessiner le Berger Allemand qui accompagne Akane. Et je suis tombée K.O devant les photos de chiots. Ils sont trop chouuux !

Oreilles baissées

Costaud sur pattes !

Si j'avais une vie normale, j'adorerais pouvoir en apprivoiser un ! Mais bon, les chiots sont certes adorables, je préfère quand même les chiens à taille adulte. Plus solide lorsqu'on s'en sert comme oreiller pendant la sieste...

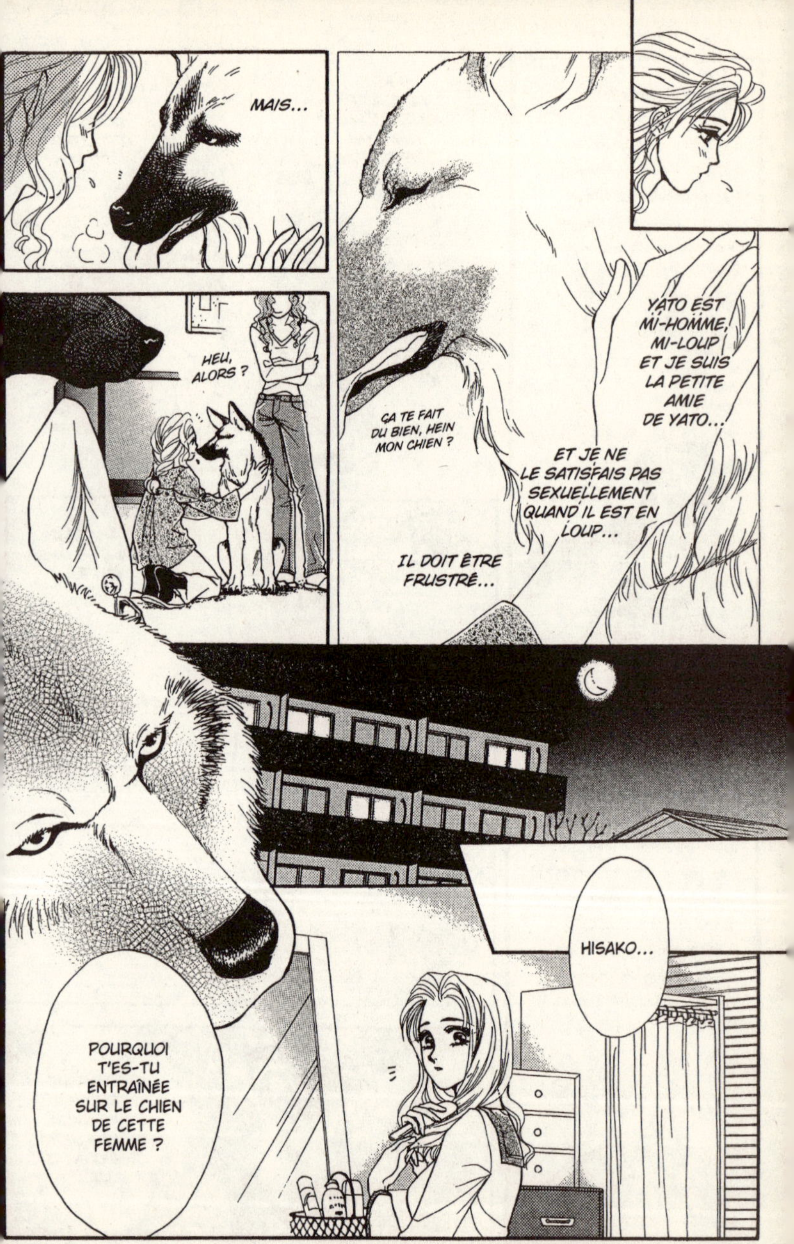
MAIS…
YATO EST MI-HOMME, MI-LOUP ET JE SUIS LA PETITE AMIE DE YATO…
ET JE NE LE SATISFAIS PAS SEXUELLEMENT QUAND IL EST EN LOUP…
IL DOIT ÊTRE FRUSTRÉ…
ÇA TE FAIT DU BIEN, HEIN MON CHIEN ?
HEU, ALORS ?
HISAKO…
POURQUOI T'ES-TU ENTRAÎNÉE SUR LE CHIEN DE CETTE FEMME ?

TU AURAIS PU LE FAIRE SUR MOI, NON ?
HEIN ?
HEU, JE...
YATO ALLAIT ME COMPARER À AKANE ET...
TU... TU ES FÂCHÉ ?
À TON AVIS ?
JE TE SIGNALE QUE TU AS TRIPOTÉ UN AUTRE QUE MOI !
TU AS ESSAYÉ DE LUI DONNER DU PLAISIR !
AH...

DÉSOLÉE...
IL A RAISON, J'AURAIS DÛ ME METTRE À SA PLACE...
NON, C'EST MOI...
J'AI DES REMORDS À L'IDÉE D'AVOIR RESSENTI DU PLAISIR...
EN ÉTANT CARESSÉ PAR CETTE FEMME...
JE NE LA LAISSERAI PLUS S'APPROCHER DE MOI.
DONC TOI AUSSI, NE T'APPROCHE PLUS DE CE CHIEN !
IL N'Y A QUE TOI QUI AS LE DROIT DE ME TOUCHER, HISAKO...

IL N'Y A QUE TOI...
QUI AS LE DROIT DE ME TOUCHER, HISAKO...
YATO...
JE T'AI TOUJOURS REJETÉ SEXUELLEMENT QUAND TU ÉTAIS EN LOUP...
JE N'AI JAMAIS RIEN FAIT POUR TON BONHEUR QUAND TU N'ÉTAIS PAS HUMAIN...

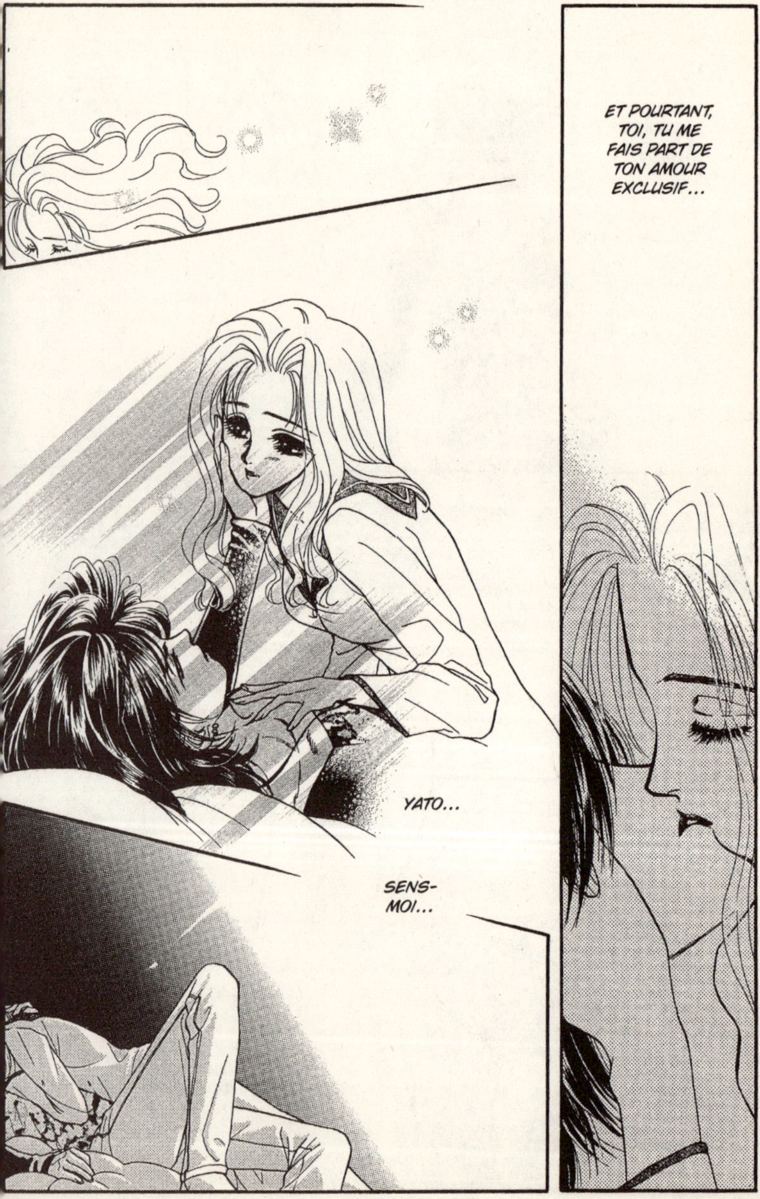

ET POURTANT, TOI, TU ME FAIS PART DE TON AMOUR EXCLUSIF...
YATO...
SENS-MOI...

AU MOINS...
QUAND TU ES HUMAIN...
...
HUU
AAAH...
YATO... ATT...
NON, JE N'ATTENDS PAS...
IMAGINE SI ÇA RECOMMENCE...
HAAA AAAH...

HAAA...
Kaburagi
ÇA ALORS...
CE N'EST PAS MOI QUI DOIS RESSENTIR DU PLAISIR...
C'EST PLUTÔT À MOI DE T'EN DONNER...
MÊME QUAND JE SOUHAITE POUVOIR LUI FAIRE DU BIEN...
AU FINAL, C'EST TOUJOURS MOI QUI...
J'AIMERAIS TELLEMENT LUI OFFRIR CE QU'IL ATTEND QUAND IL EST HOMME...
NE PAS POUVOIR LE COMBLER, QU'IL SOIT HOMME OU LOUP...
PROUVE QUE JE NE SUIS PAS À LA HAUTEUR...
ずーん

HÉ BIEN, TU N'AS PAS BONNE MINE, HISAKO !
VOUS TROUVEZ ?
NE BOUGEZ PAS, JE VAIS CHERCHER DES TRUCS À PICORER.

QUOI ?
OK, JE SAIS !
HISAKO, ALLONS BOIRE UN COUP DEHORS !
HEIN ?
CHANGE-TOI ET ALLONS FAIRE UN PEU LA FÊTE, LÀ !
QUOI ?
QUOI ?
MAIS !
VU QUE DE TOUTE FAÇON, YATO EST INUTILE PENDANT LA NOUVELLE LUNE, IL PEUT AU MOINS MONTER LA GARDE DE TON APPART !
QUANT À NOUS, ON VA S'AMUSER ENTRE FILLES !
OK MAIS...
ALLEZ, SALUT !
VLAAAAAM

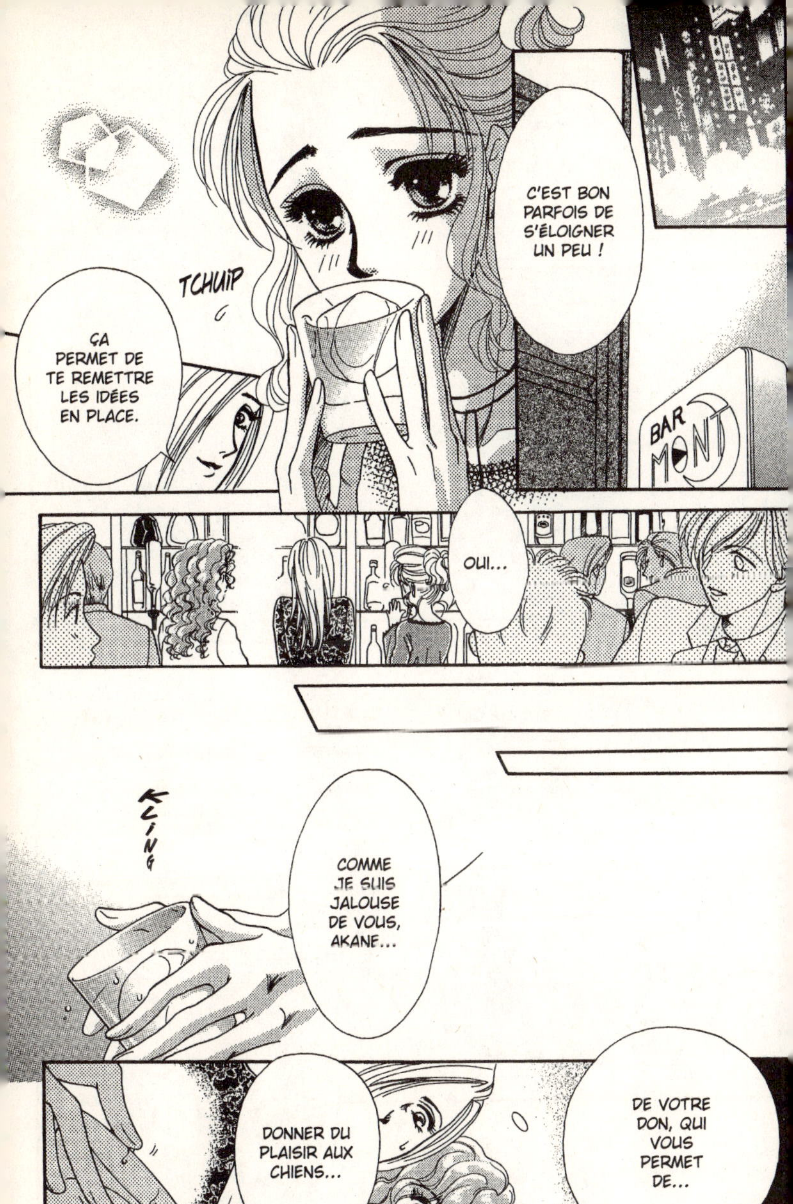
C'EST BON PARFOIS DE S'ÉLOIGNER UN PEU !
TCHUIP
ÇA PERMET DE TE REMETTRE LES IDÉES EN PLACE.
OUI...
KLING
COMME JE SUIS JALOUSE DE VOUS, AKANE...
DE VOTRE DON, QUI VOUS PERMET DE...
DONNER DU PLAISIR AUX CHIENS...

MOI AUSSI, J'AIMERAIS BIEN POUVOIR COMBLER YATO...
C'EST MON PETIT AMI !
SMACK
FAIS PAS GAFFE...
UN SEUL, OUI...
ELLE N'A BU QU'UN VERRE, NON ?
ELLE CONFOND SON CHIEN ET SON MEC ?
ELLE EST SAOULE !
PARCE QUE YATO, LUI...
QUESTION CUL, IL ME FAIT JOUIR À CHAQUE FOIS !
IL A L'AIR DE MIEUX CONNAÎTRE MON CORPS QUE MOI...
HAAA
C'EST LUI QUI A REMARQUÉ MON GRAIN DE BEAUTÉ SUR MA POITRINE.
ET À CHAQUE FOIS, IL COMMENCE PAR M'EMBRASSER LÀ.
HÉ HÉ
PFUUU
VOUS VOULEZ VOIR ?
UN AUTRE COUP...

J'ÉPROUVE TELLEMENT DE PLAISIR…
QU'APRÈS, JE N'AI MÊME PLUS LA FORCE DE LUI FAIRE LA MÊME CHOSE.
QU'EN PENSEZ-VOUS ?
HEU, COMMENT DIRE…
JE NE LE LAISSE PAS ME TOUCHER QUAND IL EST EN LOUP…
ALORS QUE LUI…
QU… !
LOUP, C'EST LE SURNOM DE SON MEC…
OUIIIN
IL FAIT TOUT SON POSSIBLE POUR M'AIMER TELLE QUE JE SUIS !
IL M'EST FIDÈLE ! ♡
HO HO HO
EN ÉCHANGE…
J'AIMERAIS POUVOIR LUI RENDRE LA PAREILLE…
SI SEULEMENT J'ÉTAIS AUSSI UNE LOUVE…
HMM
HEU…

VOUS N'AVEZ PAS UN PEU CHAUD ?
ZAAAAN
SI, HISAKO !
TU AS RAISON, SORTONS PRENDRE L'AIR !
ÇA VA ?
OUIII !
AAA...
ET AKANE ?
ELLE EST EN TRAIN DE PAYER L'ADDITION...
HISAKO...
ET SI TU ESSAYAIS DE FAIRE L'AMOUR, POUR VOIR ?

CERTES, D'UN POINT DE VUE EXTÉRIEUR, C'EST TOUT SAUF NATUREL, MAIS...
PUISQUE VOTRE AMOUR ET VOTRE ATTIRANCE SONT NATURELLEMENT RÉCIPROQUES...
T'ES SYMPA, NAO ! ♡
MERCI!!
JE VAIS TE MORDRE ! ♡
JE N'AI QUE FAIRE DU REGARD DES AUTRES...
MAIS...
SI ON S'AIME EN IGNORANT NOS SPÉCIFICITÉS...
J'AI COMME L'IMPRESSION QU'ON VA FINIR PAR SE PERDRE. TU COMPRENDS ?
SURTOUT SI NOS LIENS DURENT...
C'EST UN LOUP, ET MOI JE SUIS UNE FEMME...
NOUS DEVONS GARDER CELA EN TÊTE, C'EST IMPORTANT...

SI NOUS NE VOULONS PAS NOUS PERDRE...
NOUS NE DEVONS PAS FRANCHIR CE CAP...
LA VOILÀ !
AKANE ! ♡
SI TU VEUX MON AVIS...
QU...
MERCI AUSSIII ! ♡
LUI AUSSI VOULAIT JUSTE TE TESTER UN PEU...
JE DOUTE QU'IL AIT VRAIMENT ENVIE DE FAIRE ÇA EN LOUP AVEC TOI !
TA GUEULE...
ALORS, IL EST OÙ LE GRAIN DE BEAUTÉ ?
COMMENT TU...
YATO ! ♡

ÇA ALORS !
TU ES VENU ME CHERCHER !
COMME T'ES MIGNON ! ♡
JE T'AIME !
HÉ !
ELLE N'A BU QU'UN DEMI-COCKTAIL, EN PLUS...
HEU...
OUAIS...
HISAKO !
TU DEVRAIS ALLER DANS TON LIT !
AFFALÉE...
HÉ HÉ HÉ
BOURRÉE...
VAS-Y, SINON, JE NE RÉPONDS PLUS DE RIEN...
ÇA MARCHE !
ZUIP !

TU VEUX LE FAIRE ?
HEIN ?
TU TE RETIENS, À CAUSE DE CETTE PÉRIODE DE NOUVELLE LUNE...
HEU...
TU TE MÉTAMORPHOSES EN HOMME...
JUSTE POUR POUVOIR M'EMBRASSER...
ALORS QU'EN RÉALITÉ, TU ES UN ANIMAL...
J'AIMERAIS QUE L'ON PUISSE S'AIMER...
DANS LE RESPECT DE NOS APPARENCES D'ORIGINE...

J'AIMERAIS POUVOIR T'ACCEPTER ENTIÈREMENT, TEL QUE TU ES...
MAIS C'EST IMPOSSIBLE ET JE NE SUIS PAS UNE LOUVE...
AU FINAL, C'EST TOUJOURS À TOI DE FAIRE L'EFFORT POUR T'ADAPTER À MOI...

MAIS SI FAIRE L'AMOUR EST IMPOSSIBLE...
ZUIP !
QU...
JE PEUX AU MOINS...
TE FAIRE QUELQUES MASSAGES, NON ?
HEU...
ELLE EST SÉRIEUSE ?
COMME UNE PETITE AMIE...
PLOP
PLOP
MAIS JE NE SAIS PAS COMMENT M'Y PRENDRE !
PLOP
PLOP

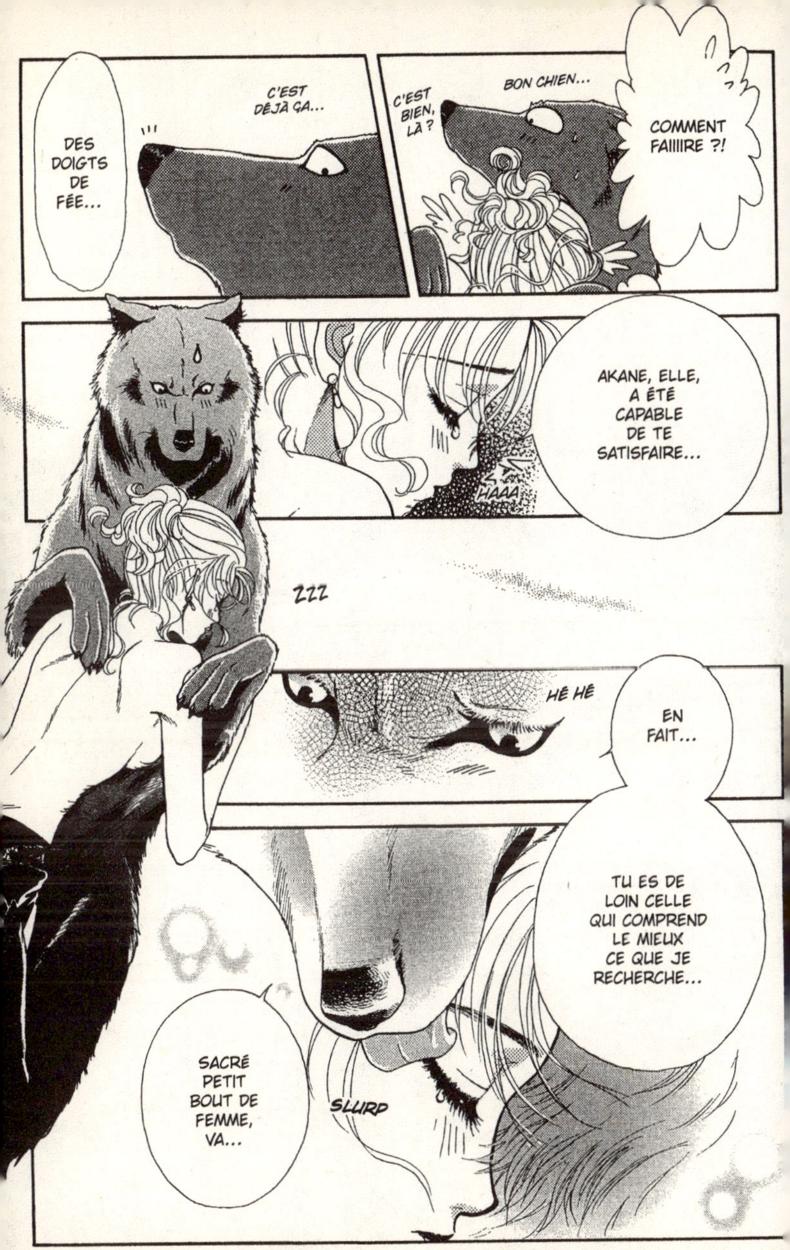
DES DOIGTS DE FÉE...
C'EST DÉJÀ ÇA...
C'EST BIEN, LÀ ?
BON CHIEN...
COMMENT FAIIIIRE ?!
HAAA
AKANE, ELLE, A ÉTÉ CAPABLE DE TE SATISFAIRE...
ZZZ
HÉ HÉ
EN FAIT...
TU ES DE LOIN CELLE QUI COMPREND LE MIEUX CE QUE JE RECHERCHE...
SACRÉ PETIT BOUT DE FEMME, VA...
SLURP

……
!!
CUI, CUI, CUI…
JE SUIS NUE ?
HEU…
BOULOT
QU'EST-CE J'AI FAIT HIER, MOI…
COURSES DU SOIR
EN CETTE PÉRIODE DE NOUVELLE LUNE, POURTANT…
IL ME SEMBLE QUE YATO M'A APPROCHÉE ET…
HMM
TCHOP
CUISINE DU SOIR
……
OU ALORS HIER SOIR…
YATO LOUP ET MOI, ON…
HISAKO !

ON FAIT L'AMOUR ? ♡
YA... YATO...
TU SAIS BIEN QU'EN L'ÉTAT, NOUS...
HAAA
ARRÊTE DE ME DÉSHABILLER !
POURQUOI ?
TU NE FAISAIS POURTANT PAS LA DIFFICILE, HIER SOIR...
HO HO ♡
HAAAN
ALORS ON L'A VRAIMENT FAIT ?!?
HISAKO...
HAAA...

NON...
HAA
NON MAIS...
HUUU...
APRÈS TOUT, POURQUOI PAS...
QU...
MAIS...
HAAA
JE...
YATO...
STOP...
NOUS NE...

PFUU !
HIER SOIR, J'AURAIS AIMÉ VOIR...
CE QUE ÇA FAISAIT EN RESTANT UN LOUP !
QU... !
ESPÈCE DE !
C'ÉTAIT UNE BLAGUE ?
ON L'A FAIT OUI OU NON ?
SMACK
GRRR !
HUU
HISAKO, J'ADORE TES...
BAISERS...

TES BRAS QUI ENLACENT MON COU...
TES MAINS QUI CARESSENT MON ÉCHINE...
TES DOIGTS QUI SE PERDENT DANS MES CHEVEUX OU MES POILS...
CHACUN DE TES TOUCHERS...
ME PROCURENT UN BIEN FOU...
JE TE RESSENS...
QUE JE SOIS EN HOMME...
OU QUE JE SOIS EN LOUP...

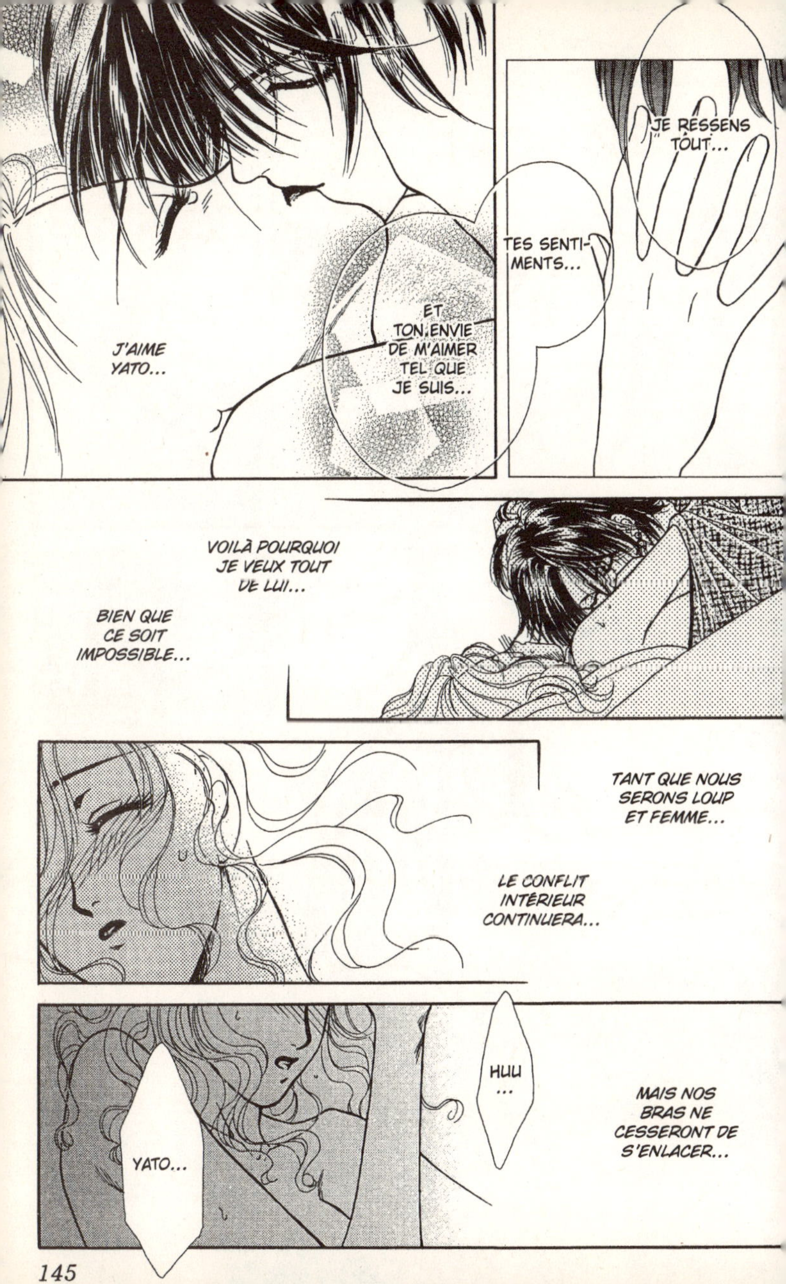
JE RESSENS TOUT...
TES SENTI-MENTS...
ET TON ENVIE DE M'AIMER TEL QUE JE SUIS...
J'AIME YATO...
VOILÀ POURQUOI JE VEUX TOUT DE LUI...
BIEN QUE CE SOIT IMPOSSIBLE...
TANT QUE NOUS SERONS LOUP ET FEMME...
LE CONFLIT INTÉRIEUR CONTINUERA...
MAIS NOS BRAS NE CESSERONT DE S'ENLACER...
HUU...
YATO...

ATTENDS…
PUISQUE JE TE DIS QUE JE N'ATTENDS PLUS…
HAA…
POURQUOI TIENS-TU TOUJOURS À CE QUE J'ATTENDE ?
C'EST UN TIC OÙ QUOI ?
PARCE QUE…
C'EST TOUJOURS MOI QUI…
ÉPROUVE DU PLAISIR ET…
MOI AUSSI, J'AIMERAIS QUE TU PUISSES PROFITER…
QUELLE IDIOTE TU FAIS…
SI JE N'EN PROFITAIS PAS, TU CROIS VRAIMENT QUE…
JE FERAIS ÇA SI SOUVENT ?
JE T'AIME AU POINT DE VOULOIR INCONSCIEMMENT…
T'EMMENER À TOUT PRIX AU SEPTIÈME CIEL…

OUI...
NOUS CONTINUERONS DE NOUS ENLACER...
ET PUIS FAUT DIRE QU'AU PIEU, T'ES QUAND MÊME SUPER BONNE ! ET TU VEUX QUE JE TE DISE ?
QU... !
GLOUPS !
TA TECHNIQUE DE FEL...
LA FERME OU JE TE PRIVE DE DÎNER !
OK, JE ME TAIS...
AFIN DE NOUS RESSENTIR MUTUELLEMENT...
ALORS C'EST DONC LUI TON FAMEUX PETIT AMI ?
......
HAAA
JE PRÉFÈRE ENCORE LE CHIEN...
C'EST PAS SON GENRE...
ILS ONT LE MÊME NOM...
HEU, ELLE SAIT QUI JE SUIS EN VRAI ?

J'adore les animaux. Et plus ils sont gros, plus je les aime ! Et quand en plus ils ont des poils longs, je craque totalement (rires). J'ai toujours été plus chiens et pourtant, ce que j'élevais à la maison, c'était des chats. Cela dit, cela ne m'empêche absolument pas de les aimer autant, hein, bien au contraire.
J'aimerais un jour être capable de dessiner parfaitement d'autres animaux, comme les chats, les chevaux, les oiseaux, etc. Je travaille et j'étudie beaucoup pour cela.
Les animaux sauvages ne sont jamais mieux que dans leur environnement naturel, mais j'avoue que j'adore les zoos. Autrefois, je me rendais souvent dans celui de ma région natale. J'espère pouvoir, très bientôt, trouver le temps de visiter d'autres zoos, de provinces différentes.

Yato

C'est un « continental wolf » (enfin je crois. Lui-même ne sait pas trop, en fait...) (rires)
Taille : 80 cm pour 60 Kg.
Yeux couleur or et fourrure noire.
Parmi la famille des canins, c'est le spécimen le plus grand et impressionnant. Et si on pouvait en croiser en pleine forêt, je suppose que beaucoup penseraient d'abord qu'il s'agit d'un petit ours...

Yato loup ne ressent presque pas l'influence de la lune. Certes, cela change sensiblement lorsque les rayons se font plus puissants.
Quand Yato vivait dans la nature uniquement comme un loup, il était visiblement devenu le chef d'une meute gigantesque.

Vol.5
Voleur de fleurs

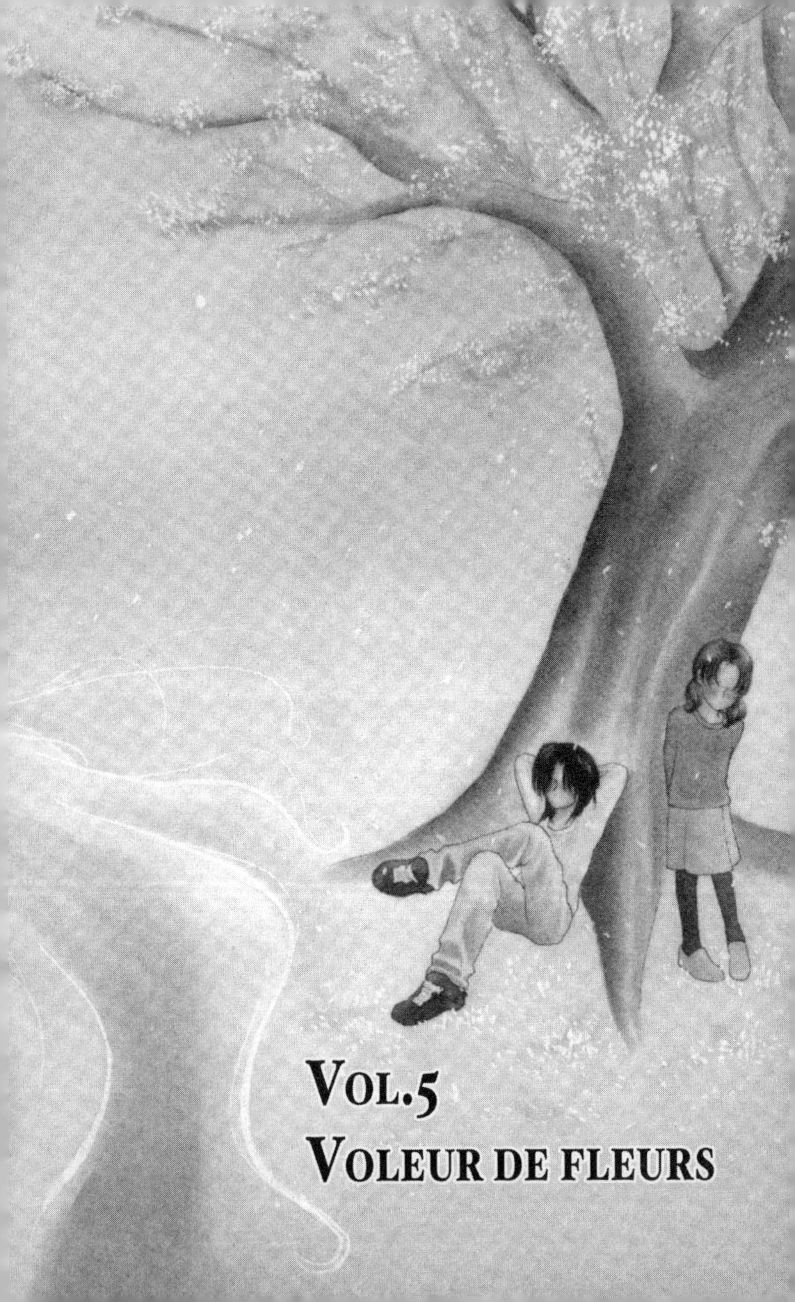

Vol.5
Voleur de fleurs

Music

Pendant que je travaille, j'écoute tout le temps de la musique. Et ces derniers temps, c'est plutôt de la j-pop. Dans ma précédente série, j'avais brièvement expliqué que la musique m'aidait à définir la personnalité et l'atmosphère de mes personnages. Et vous avez été nombreux à me faire parvenir des listes d'autres artistes ou chansons. Merci ! Grâce à vous, mon répertoire s'est considérablement étoffé, et ça fait bien plaisir.

Je pense que je vous redemanderai votre avis très bientôt. Si vous avez des tubes qui correspondent, selon vous, parfaitement à l'ambiance de mon histoire ou de mes personnages, n'hésitez pas à me les faire découvrir.

▼

Pop occidentale, j-pop, classique, jazz, fusion, anime, drama CD, BO de films et même musique de film. J'écoute de tout !

SACRÉE TOI... HISAKO...
JE NE PEUX MÊME PAS TE LAISSER TOUTE SEULE CINQ MINUTES...
QUE TU TROUVES LE MOYEN DE TE FAIRE DRAGUER.
OUI, DRAGUÉE DEVANT LA BOUTIQUE
PFIOU...
NAÏVE COMME TU ES, JE VAIS ÊTRE OBLIGÉ DE CONSTAMMENT GARDER UN ŒIL SUR TOI...
OH, ÇA ME RAPPELLE UN TRUC...
QUOI ?
TU ME DISAIS DÉJÀ ÇA À L'ÉPOQUE OÙ NOUS NOUS SOMMES RENCONTRÉS...
HA HA !

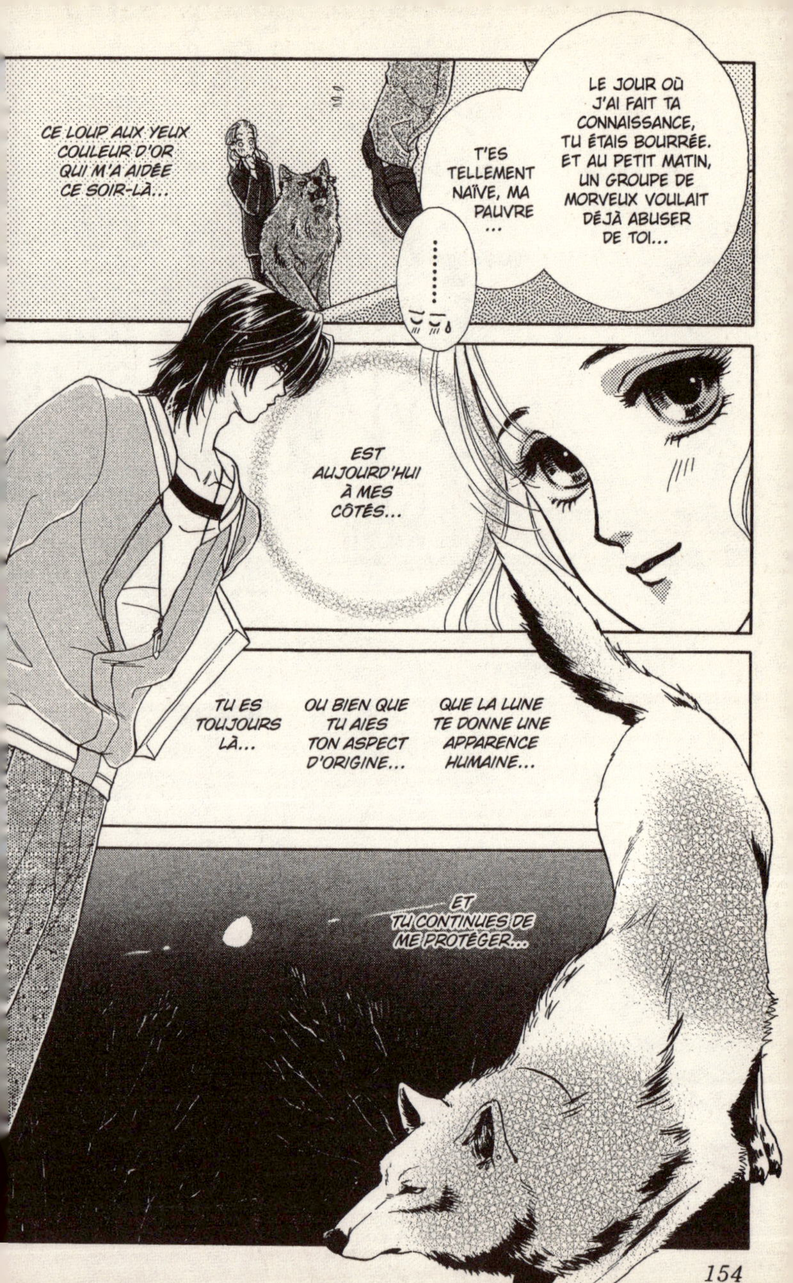
LE JOUR OÙ J'AI FAIT TA CONNAISSANCE, TU ÉTAIS BOURRÉE. ET AU PETIT MATIN, UN GROUPE DE MORVEUX VOULAIT DÉJÀ ABUSER DE TOI...
T'ES TELLEMENT NAÏVE, MA PAUVRE ...
......
CE LOUP AUX YEUX COULEUR D'OR QUI M'A AIDÉE CE SOIR-LÀ...
EST AUJOURD'HUI À MES CÔTÉS...
QUE LA LUNE TE DONNE UNE APPARENCE HUMAINE...
OU BIEN QUE TU AIES TON ASPECT D'ORIGINE...
TU ES TOUJOURS LÀ...
ET TU CONTINUES DE ME PROTÉGER...

C'EST CET ARBRE, LÀ ?
IL EST SUPER VIEUX TON CERISIER...
C'EST LE SEUL DERRIÈRE LE SANCTUAIRE...
NON SEULEMENT IL EST VIEUX, MAIS IL EST RACHITIQUE, EN PLUS...
OUI, IL MANQUE DE LUMIÈRE ET LA TERRE N'EST SÛREMENT PAS TERRIBLE...
AUCUNE FLEUR NE POUSSE JAMAIS ...
JAMAIS ?
BAH ALORS QU'EST-CE QU'ON FAIT LÀ SI C'EST PAS POUR VOIR LES FLEURS DE CERISIERS ?
J'ESPÉRAIS QUE CETTE ANNÉE, IL DONNERAIT QUELQUE CHOSE...
CET ARBRE M'EST TRÈS CHER...

AH BON ? RACONTE...
QUAND J'ÉTAIS PETITE...
UN TYPE FLIPPANT N'ARRÊTAIT PAS DE ME SUIVRE ET J'AI ESSAYÉ DE M'ENFUIR...
PFUUU !
T'AS UN DON POUR ATTIRER LES EMMERDEURS, TOI !
IL N'Y AVAIT QUE LUI ET MOI DANS CET ENDROIT...
JE CHERCHAIS À ME CACHER ET J'AVAIS PEUR QU'IL M'ATTRAPE...
ET VA SAVOIR POURQUOI, J'AI SENTI QUE J'ÉTAIS EN SÉCURITÉ DERRIÈRE CET ARBRE...
ET DEPUIS CE JOUR...
COMME J'ÉTAIS SOUVENT SEULE CHEZ MOI...
JE VENAIS SOUVENT LE VOIR...
ENCORE QUELQU'UN QUI...
DÉSIRE TE PROTÉGER, NON ?

ON ÉPROUVE TELLEMENT DE CHOSES QUAND ON VIT SI LONGTEMPS...
C'EST VRAI, TU ES DÉJÀ UN VIEUX LOUP DE 300 ANS, TOI...
FUU
GRRR
TU AS BEAUCOUP D'ANGES GARDIENS, ON DIRAIT...
TON FRÈRE, LA BOUTIQUE, LE CERISIER...
ET TOI, YATO ?
MOI ? JE SUIS TON ANIMAL DOMESTIQUE...
QU...
NON, PAS ICI !
POURQUOI PAS ? C'EST DÉSERT !
MAIS...

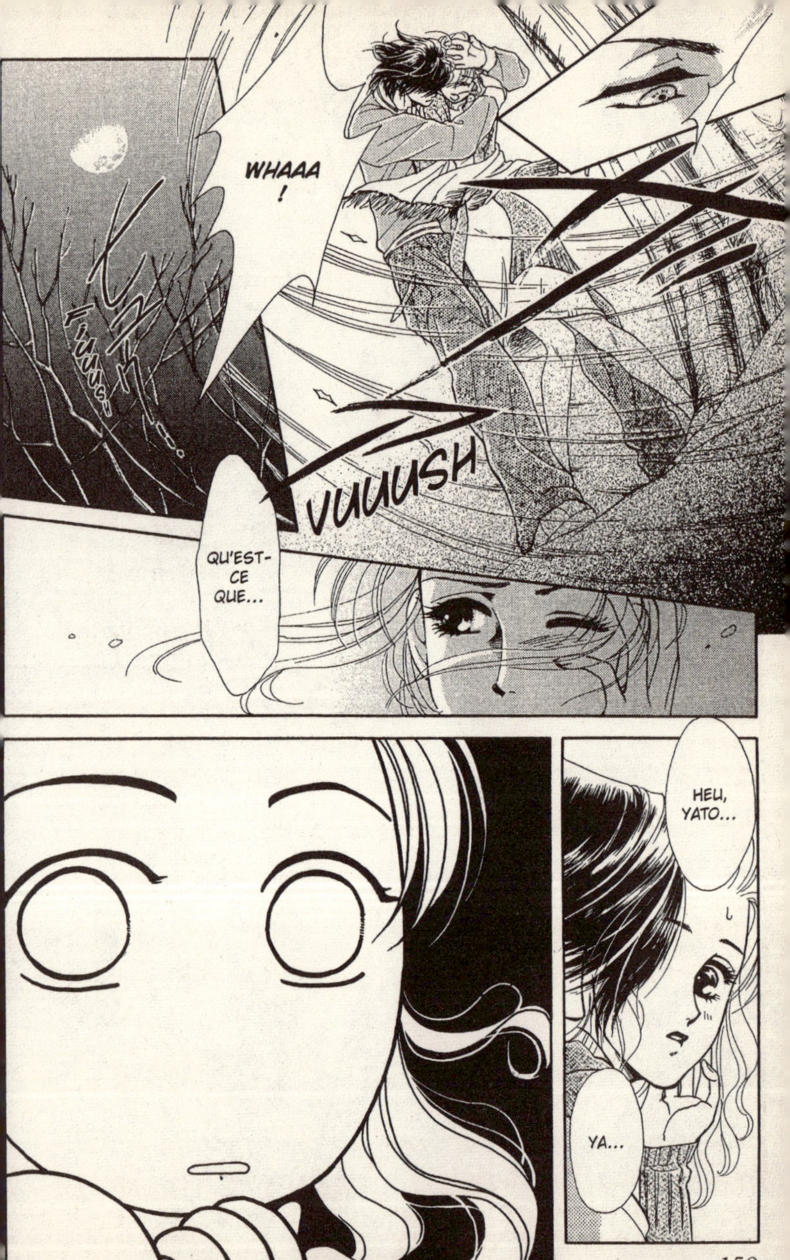
WHAA !
FIUUUSH
VUUUSH
QU'EST-CE QUE...
HEU, YATO...
YA...

Voleur de fleurs...

J'ai une grande nouvelle, et surtout incroyable pour moi, à vous raconter !
Figurez-vous que... on m'a demandé de dessiner la couverture du prochain numéro du magazine Petit Comic !!!
Je... je suis trop forte ! En fait, c'est surtout la pression qui est trop forte, là (rires).
Faut dire que question couleur, on m'a toujours dit que je ne soignais pas suffisamment mon travail. Heureusement que certaines personnes passent derrière moi avant l'envoi chez l'imprimeur, d'ailleurs...
Donc voilà, comme il s'agit d'une couv, ce sera forcément en couleur.... ! Mais comme il serait trop dommage de laisser passer une aussi belle occasion, je vais vraiment m'appliquer comme jamais.
Merci aux éditeurs et aux responsables du magazine de me faire à ce point confiance. Je vais faire en sorte de ne pas la trahir.

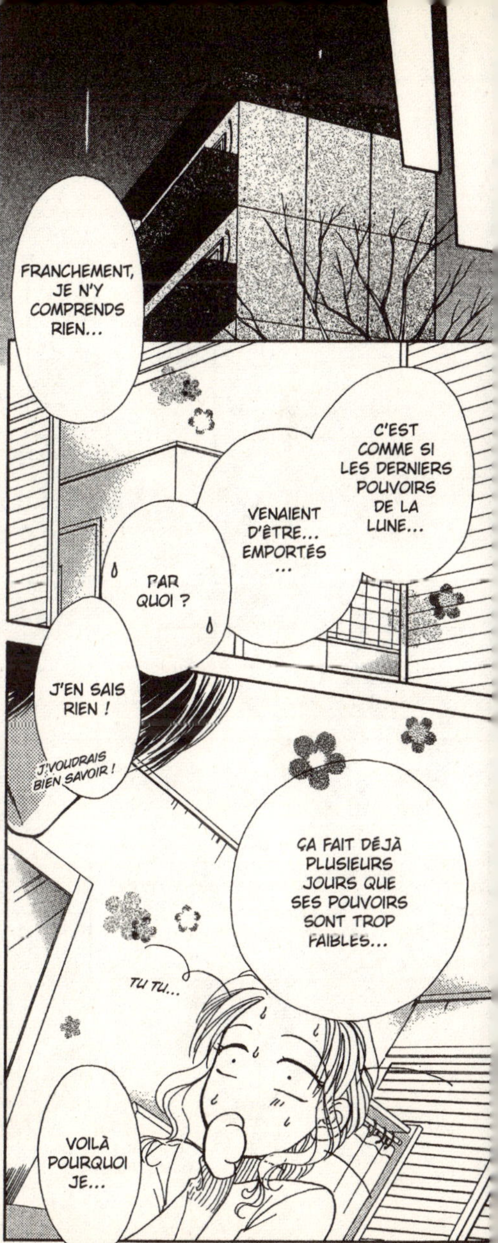

VOILÀ POURQUOI J'AI RAJEUNI D'UN COUP...
ÇA FAIT GENRE "ÉCONOMIE D'ÉNERGIE".
OUAIS, GARDE TES FORCES !
OUI, JE SAIS !
INCROYABLE...
ON DIRAIT UN LYCÉEN...
JE NE M'ÉTAIS JAMAIS REPRÉSENTÉ YATO À CET ÂGE...
J'AI TOUJOURS ÉTÉ VIEUX
QUAND J'ÉTAIS ENFANT, JE N'ÉTAIS QUE LOUP...
ÇA A DURÉ AU MOINS UN SIÈCLE...
ET... TU VAS POUVOIR RETROUVER TON APPARENCE ADULTE ?
QUI SAIT...
ÇA DÉPENDRA SURTOUT DE LA LUNE...
ESPÉRONS QUE OUI, QUAND ELLE SERA PLEINE...

MAIS...
ET SI TU REDEVENAIS LOUP POUR UN TEMPS ?
TU ÉCONOMISERAIS DES FORCES, NON ?
OK MAIS...
OUPS, ZUT !
SI JE RESTE EN LOUP...
COMMENT VEUX-TU ENSUITE QUE NOUS...
NE JAMAIS RÉVEILLER LA BÊTE QUI SOMMEILLE EN LUI...
JE...
YATO...
J'AI L'IMPRES-SION...
QU'IL NE FAUDRAIT PAS...

C'EST BIEN YATO QUI EST EN MOI...
MAIS SES ÉPAULES ET SES BRAS SONT SI FINS...
SES DOIGTS SONT ÉGALEMENT UN PEU PLUS COURTS...
ET PUIS SA VOIX...
HISAKO...
C'EST ENCORE MEILLEUR QUE D'HABITUDE, YATO...
HAAA
POUR MOI AUSSI...

POUR HISAKO AUSSI, JE SUPPOSE...
FUU
ELLE S'EST HABITUÉE À MON CORPS...
HAA
HUUU
...
MAIS LÀ, C'EST COMME UNE PREMIÈRE FOIS...
TCHUIP

C'ÉTAIT BIEN YATO...
TROP CHOU !
ZZZ
RRRR
ET POURTANT J'AVAIS L'IMPRESSION QUE C'ÉTAIT UN AUTRE...
IL A RAJEUNI...
J'ÉPROUVE DES REMORDS...
CE N'EST PAS QUE JE M'ÉTAIS LASSÉE D'AVANT MAIS...
COMME NOUS FAISIONS L'AMOUR DEPUIS DES MOIS...
......
POURTANT, ELLE ADORE
ON COMMENÇAIT PEUT-ÊTRE À MANQUER DE RENOUVELLEMENT...
NON, IMPOSSIBLE...
ELLE PREND TOUJOURS SON PIED.
MAIS...

ZUIP
YATO ?
IL EST REDEVENU LOUP ?
HÉ BIEN !
HEU...
TAP TAP
AVEC UNE SI JOLIE BÊTE, CE SONT NOS CLIENTES QUI VONT L'ADORER...
TROP CHOUUU !
HISAKO L'ADORE DÉJÀ
CELA DIT, AUTANT ÉVITER LES SOUPÇONS ALORS IL RESTERA UN PEU À L'ÉCART...

ET DONC VOUS AVEZ PASSÉ UNE BONNE SOIRÉE SOUS LES CERISIERS ?
LÂCHE-MOI...
FUU
PAS VRAIMENT, NON. FAUT DIRE QUE YATO...
A SUBITEMENT RAJEUNI SOUS LE CERISIER ET...
CERISIER ?
HMMM...
JE SAVAIS QU'IL Y ÉTAIT POUR QUELQUE CHOSE...

C'EST LUI QUI CAPTE TOUTE L'ÉNERGIE LUNAIRE DES ENVIRONS…
COMMENT CELA SE FAIT-IL ?
AUCUNE IDÉE.
MAIS TANT QU'IL CONTINUERA DE S'ACCAPARER TOUTE L'ÉNERGIE…
JE NE POURRAI RIEN FAIRE.
RIEN FAIRE ?
ALORS TU…
BAH, J'AI BEAU ÊTRE PLUS JEUNE, J'AI UNE VIE NORMALE, NON ?
ET PUIS C'EST COOL AUSSI D'ÊTRE À TA TAILLE !
!!
C'ÉTAIT BON HIER SOIR EN PLUS… ♡
QU…
YATO, TU…
HAAA ♡♡♡
ET C'EST PLUS FACILE POUR T'EMBRASSER… ♡

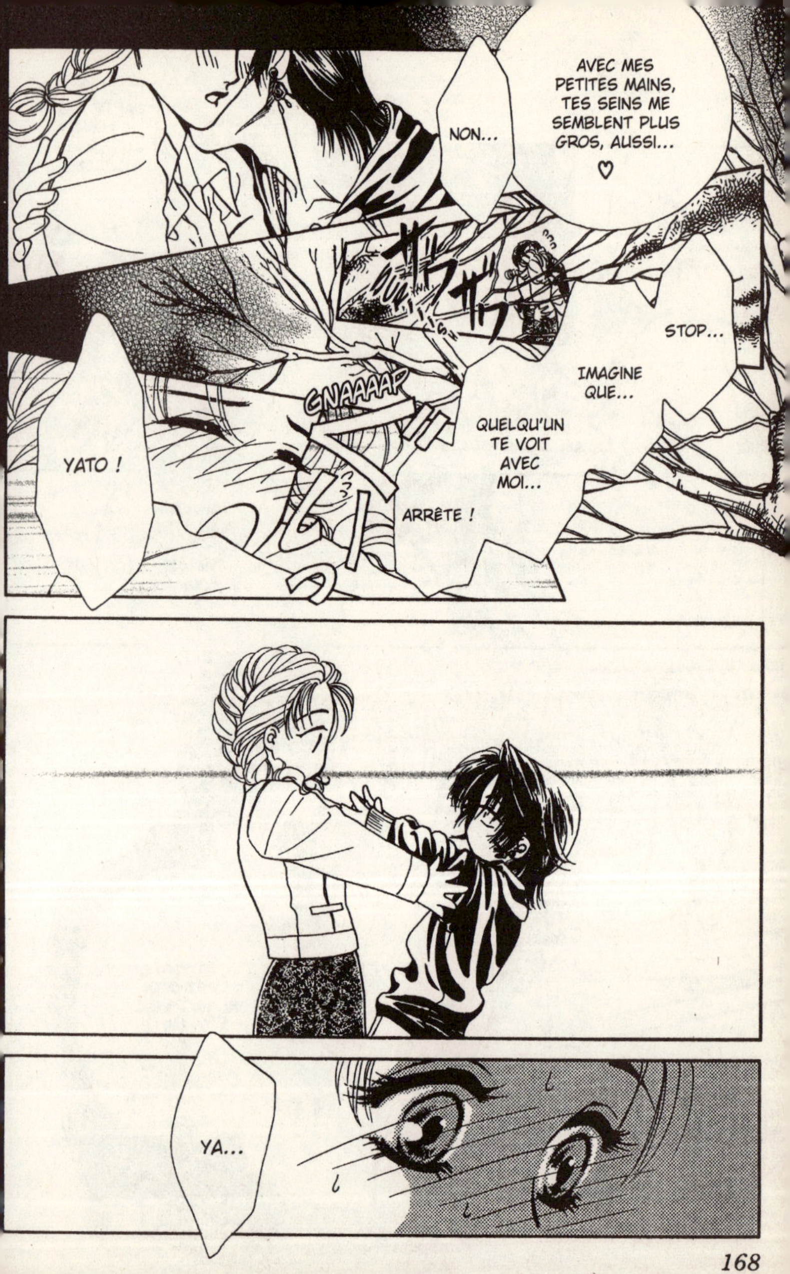
AVEC MES PETITES MAINS, TES SEINS ME SEMBLENT PLUS GROS, AUSSI... ♡
NON...
STOP...
IMAGINE QUE...
QUELQU'UN TE VOIT AVEC MOI...
ARRÊTE !
GNAAAAP
YATO !
YA...

YATO ?!?
ÇA ALORS !
TROP...
CHOUUU !
LA FERME !
HA HA
MERDE !
HÉ, L'ARBRE, LÀ ! TU COMMENCES À ME LES GONFLER, HEIN !
T'AS FINI DE ME POURRIR LA VIE COMME ÇA ?
J'VAIS T'COUPER, MOI !
YATO !
YATO !
ÉCOUTE, IL DOIT Y AVOIR UNE EXPLICATION CLAIRE À TOUT ÇA.
VIENS, TU POURRAS QUAND MÊME VIVRE NORMALEMENT.
NORMALEMENT ? TU RIGOLES ?

QUE VEUX-TU QUE JE FASSE AVEC UN CORPS DE GOSSE ?
TIENS REGARDE LA TAILLE DE MA...
TROP...
LA FERME !!!
HÉ BIEN...
ÇA ALORS...
Kaburagi

IL VA RAPIDEMENT RETROUVER SON APPARENCE NORMALE ?
EN FAIT...
RIEN À FAIRE...
HORMIS ESPÉRER UN RETOUR À LA PLEINE LUNE...
ET ENCORE...
ATTENTION !
JE DESCENDS
LA LUNE A BEAU ÊTRE CROISSANTE, JE NE SENS ABSOLUMENT PAS L'ÉNERGIE AUGMENTER.
J'ESPÈRE QU'ON NE SE FAIT PAS DE FAUSSES IDÉES EN ESPÉRANT UNE NORMALISATION À LA PLEINE LUNE.
HISAKO...
QUE FERAS-TU SI JE SUIS CONDAMNÉ À...
RESTER COMME ÇA ?

JE...
QUE TU SOIS UN HUMAIN OU QUE TU SOIS UN LOUP...
CE N'EST PAS L'APPARENCE QUI COMPTE...
HISAKO...
JE NE POURRAI PLUS TE PRENDRE DANS MES BRAS...
C'EST ÇA QUE TU VEUX ?
JAP
JAP
JAP
AVOUE QUE TU AS PENSÉ OUI DANS TA TÊTE !
DÉSOLÉEEE !
S'IL RESTE DANS CET ÉTAT...

TU MONTES LA GARDE ?
OUI...
YATO...
HAAA
FLAP
YEUX DANS LES SEINS...
ARRÊTE !
LUI ET MOI...
NOUS NE...
YATO ET MOI...
IL FAUT QUE J'ARRÊTE DE PENSER À ÇA !

OUPS
ZUT, J'AI ENCORE ATTIRÉ UN EMMERDEUR...
HÉ, TU VEUX PAS ALLER BOIRE UN CAFÉ AVEC MOI ?
NON, JE...
DÉSOLÉ MEC, MAIS...
ELLE EST DÉJÀ PRISE ! AVEC MOI !
YATO...
HÉ BIEN, FAUT VRAIMENT T'AVOIR À L'ŒIL, HEIN...
PFUU
OUI MAIS...
JE NE TE QUITTERAI PAS !

YATO...
OUI, C'EST BIEN LUI...
TU VEUX BIEN M'ACCOMPAGNER ? C'EST LA PLEINE LUNE...
RETOURNONS VOIR CE CERISIER...
C'EST BIEN YATO...
TOUJOURS AUCUN BOURGEON...
MAIS QU'EST-CE QU'IL A, À LA FIN ?

ET SI JAMAIS...
TU RESTES DANS CET ÉTAT. QUE VEUX-TU FAIRE, YATO ?
TU VOUDRAIS QUAND MÊME BIEN RESTER À MES CÔTÉS ?
NOUS NE SERONS PLUS LIÉS PHYSIQUE-MENT...
MAIS TU M'AIMERAS ENCORE D'AMOUR ?
HISAKO...
C'EST À TOI DE RÉPONDRE...
VOUDRAS-TU VIVRE AVEC UN GOSSE ?
TU RESTERAS TOUJOURS YATO...

TU RESTERAS TOUJOURS...
YATO...
ポウッ!
PLOP
QU... !
HA !

OK, IL EMMAGASINAIT TOUTE L'ÉNERGIE POUR BOURGEONNER !
SA VOIX !
ET PUIS IL A FINI PAR COMPRENDRE QUE PERSONNE NE POUVAIT RIVALISER AVEC MOI...
TU ES PRÊTE...
À M'ACCEPTER À N'IMPORTE QUELLES CONDITIONS.
YA... TO...
TU ES ENFIN ...
JE MANGE PLUS QU'UN ENFANT, HEIN...
C'EST OK QUAND MÊME ?

LA MAIN DE YATO...
JE SUIS RASSURÉE...
ÇA NE FAIT AUCUN DOUTE, C'EST BIEN TOI QUE J'AIME...
TOUS LES JOURS À TES CÔTÉS...
JE PEUX TE TOUCHER...
J'AURAIS PU M'INSTALLER DANS LA ROUTINE...
ET POURTANT...
J'EN VEUX PLUS...
JE VOUDRAIS QUE TU ME SERRES TOUJOURS PLUS FORT...

ET MOI AUSSI, J'AI DE PLUS EN PLUS ENVIE DE TOI...
ET...
JE VEUX POUVOIR TE REGARDER, TE SENTIR, TE TOUCHER...
J'AI BEAU T'EMBRASSER TOUS LES JOURS, J'AI L'IMPRESSION QUE ÇA NE SUFFIT PAS...
JE TE VEUX TOUTE ENTIÈRE, HISAKO...

YATO...
NON... PAS ICI...
PERSONNE NE NOUS REGARDE...
MAIS...
LE CERISIER...
HAAA...
QUE SES JEUNES PÉTALES NOUS CACHENT DES REGARDS INDISCRETS...

QUE CE MAGNIFIQUE CERISIER NOUS PROTÈGE DE TOUT...

LES RÉCENTES TEMPÊTES L'ONT BEAUCOUP ENDOMMAGÉ...
DE TOUTE FAÇON, IL ÉTAIT DÉJÀ TROP VIEUX...
SON BOIS A ÉTÉ REVENDU À DES SCULPTEURS...
C'EST TOUT CE QU'IL RESTE DE LUI...
SA DERNIÈRE FLORAISON A MOBILISÉ SES DERNIÈRES FORCES...
IL SAVAIT...
QU'IL N'EN AVAIT PLUS POUR LONGTEMPS...

JE SUIS SÛR QU'IL ÉTAIT HEUREUX QUE TU SOIS LA DERNIÈRE À LE VOIR SOUS SON MEILLEUR JOUR...
CEUX QUI RESTENT SONT LES DERNIERS GARDIENS DE SA MÉMOIRE...
TOI AUSSI...
REGARDE BIEN CE QUI T'ENTOURE...
GRAVE-LE DANS TA MÉMOIRE...
ET FAIS TOUT POUR NE RIEN OUBLIER...
TU AS DÛ GRAVER BEAUCOUP DE CHOSES DANS TA MÉMOIRE, N'EST-CE PAS ?
RESTE AVEC MOI...
ET GRAVE NOTRE HISTOIRE DANS TON ÂME...

FIN DU PREMIER VOLUME DE MIDNIGHT WOLF

Angle de vue de Yato (regarde-t-il les yeux ou bien...)

Croquis tiré du chapitre « voleur de fleurs ».

POSTFACE

Merci d'avoir entre les mains le troisième volume publié de ma carrière !
Bonjour ! Je suis Tomu Ohmi.
On me demande souvent mais oui, je suis une femme. Ça se voit, non ? (rires)
Ces deux titres sont aussi dispos ! N'hésitez pas !
L'amant de la nuit
L'amant de la nuit (suite)
Mes* personnages, Yato et Hisako ont retenu l'intérêt d'éditeurs désireux d'en faire une série complète, dont le magazine Petit Comic. Et depuis, un volume compilant les premiers chapitres est publié.
Danke
Merci à toutes celles et ceux qui font l'effort de lire mes histoires.
Alors continuez de me soutenir comme vous le faites déjà.
Je vais faire de mon mieux pour que la suite vous plaise...

Au fait...
dans l'histoire, vous avez sûrement constaté le clocher, si représentatif de leur ville, Sapporo !
Dessiné rapidos...
J'ai pris cette ville car la doc est nombreuse et il y fait froid. Yato n'aime pas la chaleur.
L'été, il fait vraiment trop chaud pour un loup.
Bref, j'ai mis en place mon univers de façon à me faciliter le travail et à rester crédible.
Dans chaque maison, chacun vit de façon différente...
Bref, ne la considérez pas comme une héroïne insolite...
Hisako a une vie relativement banale car c'est un peu l'archétype de n'importe qui.
Appréciez la comme une personne que vous pourriez croiser dans votre vie de tous les jours.
Mais Yato, toi, t'es vraiment pas banal...
Hein ?
Cela dit, j'espère que grâce à mon histoire, vous vous sentirez plus familier avec elle et la ville de Sapporo.
Allez, salut !
Rendez-vous très bientôt !
♡

Midnight
Tomu Ohmi
Secretary

Dévouée jusqu'au sang !

Kaya Satozuki est une jeune secrétaire parmi tant d'autres. Cheveux tirés en arrière, petites lunettes et tailleur impeccable, elle a tout pour ne pas se faire remarquer. Mais voilà, elle se retrouve propulsée au poste de secrétaire particulière du grand patron, Kyouhei Touma, jeune homme très séduisant, très séducteur et très... Vampirisant !!! Satozuki n'est pas du genre à tenter le diable, mais elle fera son maximum pour percer les lourds secrets de son nouveau patron... aux dents longues... ?

SÉRIE EN 7 TOMES

SOLEIL MANGA

SOLEIL
MANGA

Écrivez-nous à :
Soleil Manga
25, rue Titon
75011 Paris - France
manga@soleilprod.com

Titre original : KINDAN NO KOI DE IKOU 1 by Tomu OHMI

Original Japanese edition published in 2002 by Shogakukan Inc., Tokyo
French translation rights arranged with Shogakukan Inc.
through The Kashima Agency

15, bd de Strasbourg
83000 Toulon - France
Conception et réalisation graphique : Studio Soleil
Traduction : Florent Gorges
Lettrage : Studio Charon
Dépôt légal : Janvier 2012
ISBN : 978-2-30201-761-0
Impression : Ercom - Italie